宇宙第一的你

You Are The First
One In The World

就算狼狈不堪，也要抬头挺胸，昂首微笑，活得漂亮，就仿若宇宙第一的花，花瓣层层叠叠地舒展，骄傲怒放。
——题记

奈奈 著

天津出版传媒集团
天津人民出版社

图书在版编目（ＣＩＰ）数据

宇宙第一的你 / 奈奈著. —— 天津：
天津人民出版社, 2014.12（2020.3重印）
ISBN 978-7-201-09032-0-01

Ⅰ.①宇… Ⅱ.①奈… Ⅲ.①长篇小说－中国－当代
Ⅳ.①I247.5

中国版本图书馆CIP数据核字(2014)第297689号

宇宙第一的你
YUZHOU DIYI DE NI
奈奈 著

出　　版	天津人民出版社	
出 版 人	刘　庆	
地　　址	天津市和平区西康路35号康岳大厦	
邮政编码	300051	
邮购电话	（022）23332469	
网　　址	http：//www.tjrmcbs.com	
电子信箱	reader@tjrmcbs.com	

责任编辑　　玮丽斯
装帧设计　　齐晓婷　赖　婷　杨思慧

制版印刷　　三河市华东印刷有限公司印刷
经　　销　　新华书店
开　　本　　660毫米×960毫米　1/16
印　　张　　16
字　　数　　173千字
版权印次　　2014年12月第1版　2020年3月第2次印刷
定　　价　　42.80元

YOU
ARE THE
FIRST ONE
IN THE WORLD

第
一
章

像按了快捷键的那些年

——新年快乐，夏池西

YOU
ARE THE
FIRST ONE
IN THE WORLD

那时的他们都还小，都还天真又爱笑。

而对夏池西来说，那个总爱欺负自己却总是会心软让着自己的姐姐——流云则，是这个世界上排名第一的人。

新年快乐，夏池西

灯突然灭了，电视里那知名的男歌手又跳又唱的身影骤然一顿，屏幕就黑掉了，房间里霎时一片漆黑。

在黑暗里坐了一小会儿，眼睛逐渐适应了浓郁的夜色，可以隐约看得见房间内家具的轮廓。夏池西再也坐不下去了，跟妈妈说了声："我去阳台透透气。"

他们去年6月份搬来了这片别墅区。这里的设施和服务是原来住了十几年的小区所不能比的。

夏池西看着阳台外面起起伏伏的黑暗轮廓，兴味索然。

离12点还有两个小时。他要等到12点的钟声响起时才会给流云则发短信，祝她新年快乐。

站在阳台上都能听到客厅里墙上的挂钟指针"嘀嗒嘀嗒"行走的声音，一下一下仿佛是敲在他的心上，又仿佛无形中有一双大手随着这一下一下的节奏，缓慢地握紧了他的心脏，让他逐渐透不过气来，却无力反抗、挣脱。

忽然，平地一声惊雷响，巨大璀璨的烟花在夜空中绽放，把整个阳台都照亮了。或绿色或红色或黄色的光芒在四周画下了斑驳的痕迹。

夏池西惊讶地抬头，烟花就在前方不远处升起，似乎在他头顶上绽放似的。一朵、两朵、三朵……每一次绽放都伴随着巨大的"啪"的一声，随后整片天空被照亮。

瞬间后，夜空又暗淡沉寂，直到下一朵烟火升空。

那样的美，将他内心的郁闷和烦躁一扫而空。

这时，握在手中的手机响了，夏池西看了一眼，迅速地接了起来。

电话那头的背景音分明也是烟火绽放的声音，那个人清亮的声音压过一片嘈杂传过来，带着笑意，仿若一阵春风拂过他的心间，瞬间带来繁花盛放的美景。

她大声地喊道："夏池西，新年快乐啊！"

他握紧了手机，想说"还没有到12点啊，你怎么不按常理出牌，这么早就说新年快乐"，但他一句话都说不出来。

而妈妈的声音就好像响在耳边："夏池西，姐姐来了，你赶紧给我下来。"

是从她的手机里传来的。

在这停了电的除夕夜，她披星戴月地赶来了，对他说——

"夏池西，新年快乐啊！"

【1】

我认识夏池西的时候，三岁。

炎热的夏天，家里没有人，门也被反锁了。

有点儿无聊，我拿着盆装了一盆水，搬到阳台上，把洗澡用的黄鸭子丢进去。

捏住鸭子，它"呱"的叫一声，我就跟着"呱"的应一声。

然后，有车子开进院子里，汽车鸣笛了一声，停了下来。

我丢下鸭子，抓住阳台的铁栏杆往下看。夏爸爸从车上下来，又接了夏妈妈出来，夏妈妈手里抱着夏池西。

那时候，他刚出生七天。

我喊了声："阿姨，你回来了。"

我家住在二楼，阿姨一抬头就看到了我，她点点头，朝我笑了笑。

我问她："阿姨，你抱着什么？"

"弟弟。"

我一听，好奇得不得了，把脑袋从黑色的栏杆缝里钻出去，还大声喊："阿姨，阿姨，我要看弟弟！"

当然，最终的结果是我没有看成弟弟，反而让被一个电话叫回来的妈妈打了一顿。因为我上半截身体都伸出去了，把在场的大人吓得够呛。

然而我一得救，就吵着闹着要见弟弟，晚上都不肯回家，说要守着弟弟。

在五岁念幼儿园之前，我跟夏池西寸步不离。

而我对与夏池西的第一次见面，当然没有这么深刻的印象，只是长大后，爸爸妈妈和夏叔叔、夏阿姨总要把这件事拿出来说，久而久之我都能背下来了。

小时候的夏池西因为营养过剩，很快就胖得跟尊弥勒佛似的。照片里一溜的红肚兜，白嫩的藕节似的手脚肥嘟嘟的，大肚子，几层下巴，带着"无齿"的笑容，根本就没有什么美色。

但很快，夏池西就开始抽条了，小时候囤积的脂肪很快就变成了他身高的资本。

三岁的夏池西已经跟六岁的我一样高了，并且，这个时候的他已经知道了什么叫美丑。面对又黑又矮的我，他想讨好我就叫我姐姐，讨厌我时就叫我"丑女"。

我没有上幼儿园，直接念的一年级，第一个学期就拿了全班第一回来。夏池西看到我被所有人夸奖，吵着闹着非要让他也去上学。

四岁的夏池西念幼儿园小班，学会了加减法。经过辛苦的计算，他得出结论，我比夏池西大三年两个月十四天。

他到处宣扬这个结果，很快我们小区连带那一条街的人都知道了，流云则比夏池西大三年两个月十四天。

自此以后，我喜欢他时，便叫他弟弟，讨厌他时便叫他夏池西。

对夏池西，比起讨厌，我更多的是喜欢。

因为三年的年龄差距，也因为我们父母的关系，夏池西几乎是跟在我身后长大的。

夏池西的父母跟我爸妈不一样，他们都在工作。

夏爸爸是建筑公司的经理，夏妈妈是《女报》的主编。

而我妈妈不工作，专门在家管我。

夏妈妈是个穿着打扮都十分时髦的职业女性，我妈妈却是个圆滚滚的家庭主妇。明明是两个世界的人，在G市这座钢铁森林般的城市，看起来只是一栋小区上下楼的街坊邻居，却偏偏交情好得不得了。

可能因为她们都是肥皂剧的粉丝吧，每次都有聊不完的话题，说到激动处，还完全不顾自身的"高龄"，尖叫声让爸爸们都无奈地摊手。

总而言之，因为这样，夏爸爸夏妈妈去工作之前，就会把夏池西放到我家托管。

小一点儿的时候，我总是抱着夏池西在屋子里走来走去。说是抱，实际上就是两只手从夏池西胖胳膊底下伸出去，箍住他。

三岁的夏池西跟在我身后，在小区花园里乱窜、爬树、摘花、摸假山池子里的鲤鱼。

小区里有一些锻炼设备，还有两架秋千。小区里小孩子多，我们好不容易才占了秋千，但是我屁股都没有坐热，夏池西就非闹着要我替他推秋千。其他的小孩子一听，就起哄把我赶下了秋千。

然后，在我全无章法的动作下，夏池西掉下了秋千，屁股着地，哭得差点儿断气。

夏池西四岁时，夏天，我带他去抓蝉。我们俩拿着长长的网兜，在长着高大的香樟树、芒果树、龙眼树的老街上蹿来蹿去。

G市的夏天，天气说变就变，上一秒还艳阳高照，下一刻就大雨倾盆，把街道都淹了。

迎着大风大雨走在回家的路上，我拿着长网兜十分吃力，看着旁边身高已经快超过我的夏池西，我忍不住用网兜在他举起的网兜上敲了一下。

结果，他一个没站稳，摔倒在地，本来就湿了的衣服沾了一身泥，爬起来的时候又刮破了膝盖。

幸好家里没人，我把他带到浴室，帮他洗了个澡，又把衣服丢进浴缸里洗掉了泥。

然后我们俩坐在我的房间里，他举着湿衣服，我拿着吹风机，一点儿一点儿把衣服吹干。

最后，他穿着我的裙子，抱着我的熊娃娃靠在我的枕头上睡着了。

夏池西乖巧的时候，比讨人厌的时候要多得多。

并且，他开始念书后，很快就绽放出了光芒。他迅速学会了加减法，很快就能背诵出九九乘法表，背诗的速度也比其他小朋友快得多。

后来，他还报了书法班。第一次看到他站在凳子上才能举着毛笔够得到放在书桌上的练习字帖时，我哈哈大笑。但他很快就写出了连老师都赞叹的毛笔字。

他在我家写作业，一手钢笔字漂亮得让我惭愧。

现在回想起来，尽管我比夏池西大三岁，但我竟然从未在他面前占过优势。

【2】

夏池西开始收到女生的情书。

有些对夏池西家庭生活有所了解的小妹妹找到我，红着脸叫我姐姐，然后拜托我转交情书给夏池西。

一开始我还很得意，自认为是因为我善良可爱，她们才会把如此重大的事情托付给我，便乐此不疲。

直到有一天下午，我被班主任当众批评，以一句"明天把你家长叫过来"做结尾时，我看着兴奋地围观我的同桌张家怡和她的小伙伴们，心里涌出一股愤怒。

因此，又一次被拦在校门口，又一次面对脸红的小妹妹，我的语气就没那么好了。

"既然你喜欢夏池西，为什么不亲自去告诉他？连亲自向他告白的勇气都没有，这算什么喜欢！"

扔下这句话，不去看窘迫得快哭出来的小妹妹，我准备扬长而去。

"流云则！"

身后传来夏池西喊我的声音。

我一回头，就看到夏池西正低声安慰那个被我说得已经哭起来的女孩子。

"我姐姐心情不好，不是故意对你说重话的，对不起。还有，谢谢你喜欢我，但我现在还不想谈恋爱。"

听着夏池西这番可以媲美电视剧台词的话，又看着他微侧的脸颊在夕阳的映照下仿佛镀上了一层绒绒的光晕，那长而卷翘的睫毛如蝶翼般扇动，我心里的那股火倏地散去了。

我直接走过去，对那个小妹妹说："对不起。"

然后，我跟夏池西目送她涨红着脸，快速地说了句"没关系"，就一溜烟跑了。

一起坐上回家的公交车，我一脸严肃地告诉夏池西："以前我想做一个好人，但现在我不想做好人了。我不想再遇到这样的事情了，让她们别来烦我。"

夏池西点头说："好。"

然后，他直视我的眼睛，问道："今天发生了什么事情，你这么不高兴？"

那些不好的回忆立刻就浮现在我的脑海里，我深呼吸好几次，才沉着脸说："我现在不想说。"

夏池西不说话了。

第二天，我避开夏池西，独自去上学。

我们学校的学风历来严谨，校规第一条就是仪容整齐，穿着校服，佩戴班牌校徽，不准披头散发、染发、戴首饰。

学校对这方面的检查也很严格，我经常看到没有佩戴班牌校徽的同学被拦在校门口，不准进学校。而打了耳洞、戴耳环项链的同学，一被抓到就是当众批评。

我很怕被抓到，然后被批评，那太丢脸了。

哪知道怕什么就来什么。

因为体育课考核仰卧起坐的时候，同桌张家怡让计分的我帮她看管发夹，我很乐意地答应了，并且过后完整无缺地把发夹归还了她，她却在我找她帮忙时，故意弄丢了我绑头发的唯一物品——发卡。

所以，在第二节课教导主任搞"突袭检查"的时候，我很"荣幸"地被揪了出来。

被批评和叫家长都不是让我最委屈的事情。

我的愤怒来自于，我付出的善意没有得到回报。而张家怡兴奋地看我的笑话以及跟她的小伙伴窃窃私语的行为伤害了我。

回到家，妈妈拧着眉头，下了结论："以后不要跟那个张家怡玩，明天我去学校让老师帮你调座位。"

我的心情总算好了一点儿，无比庆幸我妈妈的开明和讲道理："妈妈，谢谢你。"

吃完饭，我坐在卧室的书桌前，写白天老师布置的作业。

夏池西站在楼下喊："流云则！流云则！"

我烦死了，拉开窗户，探出头去问："夏池西，你干吗？"

他在路灯下朝我招手："你下来啊！"

"我要写作业，没空陪你玩！"我大声地拒绝。

"那我上去了，你给我开门！"

没一会儿，卧室的门就被敲响了，夏池西喊道："开门啊，流云则，我知道你在家，有本事你开门啊，开门啊，开门啊！"

我被他的这一行为气乐了。

打开门，我站在门口："有话快说！"

夏池西凑上来，拉住我的胳膊："姐姐，别生气了，明天我就去班上宣布，让大家都不要来烦我的姐姐。今天，我有礼物送给你。"

我瞪大眼睛，怀疑地问道："礼物？真的？"

夏池西把藏在背后的一只手递过来，掌心里是一只由蓝色水钻围成花朵形状的发夹："喏，给你的。"

我一下子就猜到了是怎么回事，肯定是我妈妈去跟他妈妈八卦我今天在学校发生的事情了，马上就窘得脸发烫："我不要。"

"你看它多好看啊，干吗不要？"

我用力地推他，恼羞成怒："不要就是不要！"

"姐姐，要吧。这可是你心爱的弟弟送给你的，你不要，那我多没面子。"

这是重点吗？

我翻了一个白眼。

尽管夏池西表现得跟一个小绅士般，很会说甜言蜜语，但实际上，他根本就是个大笨蛋，什么都不懂。

只是长得好看，智商全部用在了学习和玩耍上，也不知道那些小妹妹喜欢他什么。

虽然，事实上我对夏池西的受欢迎是很嫉妒的。

他是夏家的宝贝疙瘩，在我家，我爸妈对他比对我还好，总叫我照顾他，谦让他。

念书后，我只在三年级之前在他面前有过优势。之后，他考试的分数相比同期的我要高，拿的奖状、荣誉比同期的我要多。

现在甚至在爱情方面，他也走在了我前面，轻易地就得到了那么多女孩子的喜欢。

但看着笑嘻嘻地坚持要把水钻发夹送给我的夏池西，我又有些自鸣得意起来。

有再多人喜欢他又能怎样，我才是他最喜欢的姐姐大人。

【3】

第二天出早操的时候，排在我前面的覃媛媛在音乐响起之前突然问我："流云则，你的发夹真好看，在哪儿买的啊？"

我笑容满面："不知道，弟弟送我的。"

"你让我仔细看看呗！"

我侧了侧头，好让她看清楚别在耳际的发夹。

"肯定很贵吧？我好像在步行街那边的专卖店里看到过。"覃媛媛语带羡慕地说。

排在我身后的刘敏阴阳怪气地说："好看有什么用，人又长得不咋地。"

嘿，明显嫉妒。

我才不理你。

散操后，覃媛媛抱住我的胳膊，跟我一起往教室的方向走，为我打抱不平："你别理刘敏，她肯定是嫉妒了。你发现没有？她戴的发箍是新的，我看她早上臭美半天都没人理她。"

我呵呵笑了笑，回到座位，开始早读。

下课铃一响，张家怡被别人叫上一起去上厕所，回来一屁股坐下。不知道是谁跟她说了我的发夹的事，她凑过来说："流云则，你的发夹真好看啊，拿给我戴一下好不好？"

我看出来了，昨天发生的事情在她心底一点儿涟漪都没有激起。

我没搭理她。

没想到，她竟然直接伸手过来抢。

我连忙一躲："干吗？"

"把发夹让我试戴看看呗，我觉得挺好看的。"她连忙说道。

"不好意思。"心底生出一股憋闷，我皱着眉头拒绝。

张家怡脸上的笑容一下子僵住了："你怎么那么小气啊？试戴一下又不会弄坏你的发夹！"

如果没有发生昨天的事情，想必我会很乐意给她试戴，但经过昨天的事，我明白了一个道理，你把人当朋友，人把你当笨蛋，我为什么要在她面前做笨蛋呢？

我用力一推语文书，"噌"的站起来，走开了。

惹不起，我总躲得起吧。

上午第三节课下课，杨老师叫我去办公室，我妈妈也在。

杨老师问了一遍昨天的情况，然后说："昨天是老师不对，没有问清缘由，让你受了委屈。"

杨老师是很好的老师，我并没有因为昨天被训而生气怨恨她，毕竟是我没有遵守校规。

我摇摇头。

妈妈握住杨老师的手，感激地说："谢谢老师，老师言重了，我们家姑娘多麻烦老师了。"

两个人客套了一番，然后杨老师送我跟我妈出办公室。

"你好好听老师的话，知道吗？"妈妈叮嘱我，"还有，调座位的事情我跟你们老师说了，她也答应了。你也别跟同学起冲突，你先惹事，就不占理，会吃亏，知道吗？"

"知道了，妈妈。"

"行了，我回去了。"

杨老师的办公室就在我们教室旁边，中间只隔着一条楼梯过道。

看着妈妈走下楼，我准备回教室，还没走到教室门口，就听到挤在走廊上的张家怡、刘敏等几个同班女生在窃窃私语。

"肯定是家长啊，老师昨天不是让她叫家长来吗？"

"应该是她妈妈吧，胖得像猪啊！"

"她还那么爱臭美，不就是个发夹吗？当成宝贝似的……"

"她妈妈穿成那样，他们家应该没什么钱吧。"

"嘻嘻，你说得太对了……"

她们一边说，一边你推我我推你，玩闹得不亦乐乎。

我肺都要气炸了，简直想不到这个世上有这么没有家教的人，还是一群。

想到妈妈的叮嘱，我忍了，当作什么都没有听到，走进教室。

一直到星期五，杨老师才换座位。

这三天，张家怡照旧要我的数学作业抄。我故意把写错了答案的数学作业本给她，等她还回来，我再把答案改成正确的。

星期五的数学课是上午的一二节，老师上课前，点了张家怡还有另外三个女生的名，批评她们："我知道你们抄张家怡的作业，但是，张家怡成绩好，却粗心，剩下的几个也不认真，抄得太没水平，全抄错了，还一错就是几天，你让我怎么说你们？"

她们几个人连头都抬不起来。

张家怡怨恨地瞪了我一眼。下课后，那几个人堵在我的课桌旁，把我围起来："流云则，你什么意思啊？"

"什么什么意思？把话讲清楚，我才懂。"

张家怡气得用手指着我："你故意的！"

"我故意什么了？"

我就是知道她们不敢直接说抄了我的作业，答案是错的，还看不出来，直接抄了交上去。别人不会说我什么，只会笑话她们。更重要的是，张家怡的成绩在班上的排名并不低，要是让人知道她抄作业，那太丢面子了。

"你走着瞧！"

撂下这句狠话，张家怡带着那几个女生愤愤地走了。

当然，我没有把张家怡的威胁放在眼里，依旧自顾自地做自己的事情。从听到她们侮辱我妈妈起，那股愤怒就一直在我心中盘旋不去。此时，看着张家怡她们愤怒不已，我感觉自己受到了安抚。

下午最后一节自习课离下课还有二10分钟，杨老师走进教室，宣布要更换座位的事宜。

以小组为单位进行更换。

一切尘埃落定之后，我正在整理桌面上的书籍，手肘却被新同桌兴奋地撞了撞。

覃媛媛朝我露出一排洁白的牙齿，手掌朝我摊开："流云则，我们同桌啦。"

我当然也很高兴，握住她的手摇晃了两下："以后，我们就互相照顾啦。"

"好啊，好啊。"

但很快，我发现我的这种想法是错误的。

因为，覃媛媛跟我，是完全不同类型的人。

覃媛媛的成绩很一般，在班级倒数十名内徘徊。我并不歧视她成绩差，但是她的一些行为让我明白了为什么她的成绩差。

上课，她的注意力根本就不在听课上。她从学校门口的书店租了很多本小说，将小说藏在课本下，老师讲课，她看小说。

老师点名叫她站起来回答问题，她答不上就不停地给我使眼色。我只能把答案写在草稿本上，字写得大大的，让她能看得清楚。

过关了，她就开开心心地在我的草稿本上画一个大大的笑脸："有你真是太好了。"

要是没过关，她就不开心地抱怨我："你怎么不写快点儿、写清楚点儿啊？"

她在班上的人缘似乎非常好，每一节课下课，都会有同学找她玩。一下课，要么她很快跑没影儿；要么就一群人围在她周围，叽叽喳喳，你一言我一语，吵个不停。

这真是让我烦不胜烦。

最终，我忍不住让她们去教室外面聊天，因为我还要写作业、预习功课。

原本我预料她们会不乐意，没想到覃媛媛笑嘻嘻地点了点头："行，就不打扰你啦。"

之后，她们真的再也没有围在我旁边吵吵闹闹了。

我又安下心来，感觉自己的抗议实在是太小家子气了，仔细地反省了自己说话时的语气有没有很差。

我跟妈妈讲这件事，妈妈给了一些零花钱，让我随便买点零食，给覃媛媛拿去跟她的小伙伴们分享。

我照做了。

之后，总是跟覃媛媛一起玩的王宝莹和梅颖在校园里单独遇到我，也会跟我打招呼。她们扎堆一起去小卖部买东西吃的时候，也会问我要不要一起去。

很快，我们四个人就熟悉了起来。

【4】

这天中午吃完饭，覃媛媛说要去书店换一批新的小说看。王宝莹和梅颖非常赞同。

我本来不想出校门，但她们三个人一致认为，我再埋头在课本里就要变成书呆子了，非要带我去见见外面的世界，晒晒外面的太阳。

覃媛媛和王宝莹去隔壁的书店了，我和梅颖坐在麦当劳二楼靠窗的位子上。

"不是让你别老看书了吗？你不烦啊？"梅颖坐在我对面，咬着吸管，发出嗤嗤的声音，含糊地问道。

"不烦啊，我喜欢念书。"

"哦，学霸。"梅颖把喝光了的可乐杯推到一旁，"我就一点儿也不喜欢念书，烦死了，考试也烦死了，考不好就更加烦死了。"

我不能理解这种心态，也不知道接什么话好。

突然，梅颖拉了拉我，使眼色让我看向另外一边。

我不明所以地看过去，只见几个高年级男生正端着餐盘，推搡着找了个角落坐下来，还大声地喧哗。

"怎么了？"

梅颖努了努嘴："坐在中间最高的那个，头发竖起来的那个男生，是学校高中部篮球队的，张家怡的亲哥哥。"

"啊，张家怡的哥哥？张家怡还有哥哥？"

梅颖看了我一眼："我听说，她要她哥哥这个周末，也就是明天下午放学之后，把你堵住，打你一顿。"

当时我就震惊了："啊？"

"你怎么得罪了张家怡？"

想到上周五张家怡丢下的那句"你走着瞧"，难不成报复在这儿等着我？

在我们学校，一年级是一个星期放一次假，二年级和三年级则是一个月放一次假，明天正好是月底，张家怡的哥哥不是二年级的就是三年级的。

可张家怡的哥哥要是真的把我堵住打一顿，我受伤回家，我妈妈绝对饶不了他，绝对会闹到学校领导都知道，那个时候他们就吃不了兜着走了。

毕竟，按照校规，打架斗殴，记大过一次，情节严重的直接退学。

他们不会真的那么蠢吧？

我撇撇嘴，又把发夹的事情说了一次："本来叫家长也没什么，但她不该笑话我妈妈，还故意让我听到，所以，她问我要作业抄，我就故意写错答案给她，她抄完了，我才改回正确的。"

"这事儿你做得对！"梅颖义愤填膺，"换了我，当时我就给她一个耳光了！"

"给她一个耳光，再让杨老师打电话叫一次家长？"我收起英语单词本，拿起咖啡喝了一口。

"也对。"梅颖赞同地竖起大拇指，"你厉害。"

"要是她不问我要作业抄，自己写作业，就没这事了。谁叫她自己不写作业，非要抄我的？她自己又不是成绩不好，那些题目又不是自己不会做。"我说道。

"也是。那她真的叫她哥哥堵住你打你一顿怎么办？"梅颖有些担心地问。

我刚要回答，这时覃媛媛的声音插进来："谁？谁的哥哥要打流云则？"

我和梅颖同时抬头，只见覃媛媛拿着一个黑袋子，王宝莹端着两杯可乐站在旁边。

她们拉开椅子坐下了。覃媛媛迫不及待地又问了一次："到底是谁？梅颖，你快说啊！"

梅颖把事情说了一下，覃媛媛当时就炸毛了："呸！要脸不要脸！流云则，你别怕，周末我们送你回家！"

梅颖和王宝莹交换了一个无奈的眼神。

我以为覃媛媛就是一时热血，没想到她还真对这件事上心了，一直在琢磨这件事。

下午放学后，覃媛媛非要跟我一起走。而梅颖和王宝莹是住校的，她们晚上要上晚自习，自然就跟我们分开了。

夏池西在校门口等我一起回家，我给他们俩做介绍。

夏池西乖巧地喊了声："姐姐好。"

走去公交车站的路上，覃媛媛看着夏池西，眼睛都直了，悄悄地用手肘撞我，朝我挤眉弄眼的："你弟弟好帅啊。"

我简直无语了。

"你弟弟肯定有好多追求者吧？做姐姐的压力大不大？"

我偷觑夏池西，他耳朵里塞着白色耳塞，我猜测覃媛媛不大的声音应该没传到他耳朵里，便说："行了，你还要脸不要脸呀？"

"你弟弟的皮肤看起来真好，毛细孔都看不到的样子，怎么你的皮肤就那么差呢？"覃媛媛立马说道。

犯花痴的女生真是不能得罪。

我翻了一个白眼。

总算到了公交车站，覃媛媛自己是坐718路车。车来得很快，但她坚持不肯走："说好了我要送你回家，保护你的。"

"为什么要保护我姐姐？"我还没来得及说什么，夏池西就惊疑地问道。

覃媛媛立刻瞪圆了眼睛，指着夏池西，张口结舌道："你……你不是在听歌吗？"

夏池西眨了眨眼睛，无辜地说："不是听歌，是在听英语频道。不过，没电了。"

他又看看我，忽然就变了口气："这位姐姐，快跟我说说，为什么要保护我姐姐？我姐姐在学校发生什么事了？被谁欺负了？"

覃媛媛眼睛放光，突然伸出手握住夏池西的手："弟弟啊！"

那语调让我打了一个寒战，鸡皮疙瘩全部起立。

等我反应过来，覃媛媛已经把事情跟夏池西说完了。

夏池西面色凝重地说道："在学校，我姐姐就交给你保护了；而校外，就由我来保护！"

呃……

热血漫画看多了吧，夏池西！

"为了友情！"覃媛媛姿态昂扬地说，"放心去战斗吧！夏池西，我一定会保护好你姐姐的！"

这台词，这画面，真是愚蠢得让人不敢直视啊！

【5】

但让我吃惊的是，第二天一大早，跟我一起去学校的夏池西的书包鼓出来一团。

我好奇地一掀，错愕地张大了嘴巴。

夏池西发现了我的动作，回身把书包拉链拉好。

我连忙抓住他，紧张地问道："你干吗在书包里装一根擀面杖啊？你想跟谁打架？我告诉你，夏池西，这样是不对的。暴力解决不了任何问题，反倒会带来无尽的烦恼！"

突然，我灵光一闪："还是你真的把昨天覃嫒嫒说的事情放在心上了？我跟你说，没有的事，他绝对不敢堵我，也绝对不敢打我！"

夏池西明显不相信。

"夏池西！"见说不通，我直接去抓他背上的书包，"你把它给我！"

夏池西动作极快地护住书包："你别管我！"

"我是你姐姐，怎么不能管你了？而且，打架要是被学校抓到，会被记大过，情节严重的会被退学，这你总知道吧？"

"我不会被抓到的。"夏池西振振有词。

我不由得好笑："受伤的人去告你，你还能狡辩不成？就算你狡辩了，老师还会相信你不成？"

夏池西看起来像是被我说动了。

我连忙扯住他的书包，没想到他一用力就躲开了。

"不行，我不能让你受伤！"

我哑然了。

之后，无论我好说歹说，夏池西就是固执地坚持己见。我忐忑不安地等待下午放学时间的到来，覃媛媛也如临大敌。

结果，这天回去特别顺利，就连G市每天都能碰上的堵车高峰都没有遇见。

一连提心吊胆过了好几天，最后这件事不了了之。

我猜想，跟张家怡的愚蠢不一样，她哥哥肯定是明白这件事的后果，才完全没有动静。

时间过得飞快，期末考试很快就到来了，班上的气氛一下子就紧张了起来。

考试前的最后一个周末，麦当劳里，我和王宝莹在背诵考试要点，而覃媛媛和梅颖在埋头制作小抄。

我一点儿都不想作弊。

现在作弊，难道以后升学考试也作弊？工作笔试的时候也作弊？

梅颖拉了覃媛媛一下，说道："流云则跟我们不一样，她可是学霸，学霸当然不会懂我们这种学渣的痛苦啦。"

覃媛媛应声附和："说得对。"

我翻了个白眼，懒得理她们。

【6】

很快，寒假到来了。

G市作为沿海城市，冬季的温度从来没有低于10摄氏度。而今年的冬天分外暖和，临近过年了，气温一直持续在27摄氏度左右。

期末考试成绩单寄到家里之前，我跟夏池西都要玩疯了。

一开始是踩着轮滑鞋，在街道、广场上横冲直撞。

之后我们就不满足于在G市玩了，把过年收到的红包钱揣在身上，瞒着爸妈偷偷乘车到了海边，才打电话向他们报告。

疯玩了一整天，然后，我们坐夜晚的火车回家。

上午10点钟，我才小心翼翼地打开家门。

平常这个时间，妈妈不会在家。

在妈妈回家之前，我还可以逍遥一会儿。我打算去书房，玩一会儿电脑游戏。

我推开门进屋。

我的班主任杨老师坐在沙发上，听到开门声看过来，视线直接跟我的对上。

杨老师怎么会在我家？

妈妈恶狠狠地瞪了我一眼："舍得回来了？还不快点儿过来！"

我磨磨蹭蹭地走过去："杨老师好。"

"我是来送期末考试成绩单的，这次你的成绩很不错，但是英语丢分有点儿多，有一篇阅读理解，一道题都没有做对……是不是还对老师有意见，不想好好学英语啊？"

我拼命摇头："没有，没有。"

"放心吧，老师，我会督促她好好学英语的，只是……您看，她要不要去上个英语补习班之类的？"我妈妈殷切地问道。

不是吧，还要上补习班，那我还有没有私人时间啊？

"那倒用不着，我看是她太粗心了。"杨老师呵呵笑着说道。

杨老师，你真是个好人，我会更加细心的。

"流云则不仅自身成绩优秀，还帮助她的同桌覃媛媛同学进步，这次覃媛媛的进步十分明显，从倒数第七名，变成了正数第十二名……"

后面杨老师和我妈妈还说了什么，我都没听进去。

覃媛媛居然考了第十二名！

——要不是流云则成绩好，谁要跟她玩啊

你要有骄傲和原则

YOU
ARE THE
FIRST ONE
IN THE WORLD

长大以后，她曾经无数次问自己，为什么要活得那么辛苦。

追逐梦想的这条路上，碰到的荆棘和苦痛实在太多太多。

疲惫的时候，想一想，为什么不放弃，为什么不跟别人一样，甘于平淡，无波无澜地过？

可是，每到这时，耳边就会响起一句"你要有骄傲和原则"。

梦想就是一座孤独的城池，我固守着不肯向现实投降。

要不是流云则成绩好，谁要跟她玩啊

她的成绩很烂。

班上一共59个人，像她这样不是附属学校直升上来的学生，仅仅只有9个。而她是这9个学生中成绩垫底的。

她妈妈经常挂在嘴边的一句话就是："我们家媛媛啊，能考上就已经是祖上烧高香了。"好像已经对她的成绩不抱希望了，"反正，学得好学得差，也没什么大碍，只要以后会做生意就行了。我们家不缺状元。"

但她不甘心。

从小她就特别刻苦努力，特别喜欢读书，特别仰慕"别人家的孩子"，作业都是早早就完成了，课文也不知道背了多少次，她只觉得自己从来都是运气不好。

不然，为什么偏偏那些她没有记住的，就一定会考，而那些她背诵得滚瓜烂熟的内容，却一次都没有在试卷上出现过？

也许是上天都看不过去了，要帮她。在六年级考试前最后一个月，班主任老师调换座位，将她和班上第三名的陈海默放在了一起。

原来她以为成绩特别好的同学都跟她一样，上课一点儿都不敢走神，每时每刻都在想着书本，背诵着书本上的知识，但陈海默推翻了她的这一信念。

上课的时候，陈海默不是在跟其他人传字条，就是悄悄地玩手机。下课了，老师布置了作业，她也是直到课代表催促，才慢吞吞地找出作业本，却不是写作业，而是抄作业。就这样，周考的时候，她还能考出非常漂亮的成绩。

明明看她连复习都没有复习。

终于，在考试的前一周，她拿着攒了好久的零花钱，送了陈海默一条她很喜欢的裙子。

陈海默看了一眼袋子，就直接说："说吧，什么事？"

在得知了她的来意后，陈海默接过了那装着裙子的袋子，嗤笑着说："我还以为是什么事情呢。这还不简单，我把重点给你画出来，你就照着背。要是背不出来，那我做个小抄给你。你考试的时候不会就看小抄。"

她听得目瞪口呆，好半天才说："那不是作弊吗？"

"反正考出好成绩就行了，只要不被抓到，谁知道你是作弊啊？"陈海默满不在乎地说。

她沉默了。

陈海默特意把她带到自己家里，告诉她怎么做小抄不会被发现。她没什么兴趣，只是努力地背诵陈海默帮她画出来的重点。

这个办法还真有用，第一场考试的时候，试卷发到她手上，她一看发现都是重点范围内的。

果不其然，她考出了好成绩，顺利地考上了重点学校。

她的爸爸妈妈都觉得很奇怪，于是，她就把自己拿零花钱买了礼物送给班上成绩好的同学，请对方帮忙标记重点的事情说了。

妈妈夸了她，爸爸却在听了之后，语重心长地对她说："有时候，不一定要花钱才能达到目的。你请她帮你指出重点，这很好啊，但只要你跟她成了朋友，你求她，她会不会帮你指出重点呢？"

爸爸说得很有道理。

只是，在新学校，她也曾经按照陈海默的办法画出重点，然后背诵出来，却发现情况完全不一样了。她背诵的只是考试的一小部分，根本没有办法在考试中取得想象中的好成绩。

拿到月考成绩单回家，每一次，邻居问她爸妈她的成绩时，她妈妈都会笑着说一句："我们家媛媛啊，能考上就已经是祖上烧高香了。"

每次邻居当面呵呵笑，背后就教训自己的儿子："你可千万别学覃媛媛啊，考上重点学校就自以为了不起了，骄傲自满，成绩一落千丈啊！"

她从来都没有觉得自己了不起过，她的成绩都是自己努力得来的，她从来都没有骄傲自满，她每天都学习到很晚，她不知道他们凭什么这么说她。

她不甘心。

于是，她开始在班上寻找成绩好的同学，跟对方"做好朋友"。这样对方就会帮自己画出重点，只要知道了重点，她就能考出好成绩了。

她一开始并没有瞄上流云则。

流云则的成绩在班上并不十分出色，不过是全班第八名而已。要不是那次流云则上数学课思想开小差，被老师抓到，叫上讲台做黑板上的题目，她压根就没觉得流云则成绩好。

黑板上写的那道题目是课本上没有的，她压根就不知道怎么解。

流云则被叫起来时有点儿不好意思，但上了讲台后，拿起粉笔，"唰唰"的就把公式列出来，很快就得出了正确答案。

老师批评她："不要因为预习课本了会了，就不听讲了。老师要讲的公式运用还有很多。"

流云则吐吐舌头，笑嘻嘻地坐下了。

老师也不生气，反而夸起流云则来："流云则同学用的这个公式，实际上是我们刚刚讲的公式变形，它是怎么变形的呢……"

她想，她一定要和流云则做好朋友。

在走出第一步之后，下午放学的时候，她跟班上玩得好的几个朋友一起坐车回家。王宝莹她们因为她对流云则谄媚的样子而狠狠地嘲笑了她一番。

她们还说："人家成绩那么好，会跟你做朋友吗？"

她在心里冷冷一笑，呵，要是流云则成绩不好，她还不会跟她做朋友呢。

但最后，她发现有了重点是不够的，她不会的实在是太多了。

月考过后，她拿着只有16分的物理试卷，在放学后一个人都没有的教室里狠狠地哭了一场，暗暗地做了一个决定。

【1】

太让人难以置信了！

杨老师走了很久之后，我还有点儿恍惚。

作弊考出来的成绩，受到了大肆的表扬，这让我在接下来的日子里完全没有心思去玩耍了，窝在家里抱着枕头跟着老妈看无聊的肥皂剧。

夏池西一副精力充沛的样子，开始只是在楼下喊我，我不为所动后，他就用力地拍房门找我。

我拉开大门，烦躁地对他大吼："别来烦我！"

"姐姐，你怎么了？"夏池西小心翼翼地问我，亦步亦趋地想要跟进来。

我"砰"的一声把门关上了。

夏池西在门外大叫了一声。

我妈急忙从沙发上冲到门口，一边数落我，一边关切地问："小西，你没事吧？"又举起手，打了我的后脑勺一下："流云则！你发什么疯？莫名其妙地把你弟弟关在门外做什么？"

"都是我的错！"我也朝她大叫道。

老妈又恶狠狠地敲了我的脑袋一下，咬牙切齿地问："流云则，你长大了？翅膀硬了？了不起了？"

我被问得满心委屈，直接跑回屋子里，把门反锁上，扑在床上，用被子捂住头。

睡一觉醒来后，真心觉得几个小时之前的我是神经病，莫名其妙跟他们吵，所以，我有些过意不去，磨磨蹭蹭地走到客厅去。

彼时，妈妈正在厨房里忙着做晚餐，我很不好意思地跟她道歉："对不起，妈妈。"

老妈百忙之中抽空觑我一眼，问："真的知道错了？"

我点头。

"行，去找你弟弟道歉。"老妈不容反驳地说道。

"啊！不去行吗？"我哀求道。

"那你喊他过来！"

呃，这有什么区别吗？

于是，我只好硬着头皮给夏池西打电话。

"夏池西，过来，我们来玩游戏。"我说。

"啊，姐姐，我刚刚就是想跟你说，我们班同学给了我两张溜冰场的票，我们去溜冰吧。"夏池西兴高采烈地在电话那边说道，完全没有生气的样子。

我一下子就放心了。

"要么过来玩游戏，要么拉倒，我才不跟你去玩那些无聊的小孩子游戏。"我撇撇嘴，坚决地说道。

"可是，之前你不是说想去溜冰吗？"

"我没有说过这样的话。"我完全否认了。

他犹豫了一会儿，最后同意过来。

我们坐在客厅电视机前的地毯上，插上游戏手柄，开始玩。一开始他总是赢，我生气了，他只好无奈地让我赢了好几次。

坐在我家的餐桌旁，我喜欢的烤鸡翅就放在他面前，我不想站起来去夹，就让他把鸡翅带盘子放到我这边来。

我爸妈都不同意地瞪眼，但夏池西笑嘻嘻地照做了。他那副满不在乎的样子一下子就把我心里的阴霾赶走了。

很快，新学期如期到来。

杨老师在开学的第一天又把包括覃媛媛在内的五名同学表扬了一遍，还给她们发了"进步奖"奖状和笔记本作为奖励。

没多久，王宝莹和覃媛媛吵架了。

原因是中午在食堂吃饭的时候，覃媛媛抱怨"进步奖"奖状和笔记本太老土了，一点儿意思都没有。

王宝莹当即就炸毛了："作弊得来的荣誉，你好意思拿，我还替你害臊！"

覃媛媛的脸一下子涨得通红："王宝莹，你怎么说话的？"

王宝莹冷哼了一声，收拾餐盘走了。

覃媛媛还在生气："你们看看，王宝莹这是什么态度？"

梅颖拉住了她："行了，你少说两句。"

"我就是要说，她考试没考好，嫉妒我考得好。我那是正常发挥，非要说我是作弊！梅颖，你也作弊了，怎么你考得就没我好？"覃媛媛气呼呼的，口不择言。

梅颖的脸色一下子变得难看起来，扔下一句"是我狗拿耗子多管闲事"，也气冲冲地走了。

覃媛媛更生气了，拉着我："流云则，你不会也这么想吧？你要也这么想，趁早跟她们一起走，我还不稀罕跟她们做朋友！"

我完全无语。

就这样，覃媛媛和王宝莹、梅颖之间的冷战开始了。

她们三个原本形影不离，现在覃媛媛被排除在外。覃媛媛一脸不在乎的样子，很快就跟其他同学来往亲密了起来。

这天我去数学老师办公室问题目，意外地发现梅颖居然在，但我没有多想。

解答完疑问之后，我从办公室走出来。

"流云则，你的课堂笔记可以借给我抄抄吗？"梅颖竟然在办公室外面等我，见到我，就问道。

我有些吃惊，但还是点了点头："可以啊。"

"你是不是觉得很意外，我会问你借课堂笔记？"

我反倒不知该说什么，有些尴尬。

"覃媛媛说，同样是作弊，为什么我没有她那么好的成绩？但同样，为什么你没有作弊，成绩依旧比她好？"梅颖的语气很平静，"我只是想明白了这两个问题而已。"

我把她要的几门课的课堂笔记递给她时，小声地对她说："加油。"

她回了我一个微笑。

下午有一个物理随堂测验，这也是开学后的第一次随堂测验。方老师发

035

了试卷后就戴上眼镜，看起桌上的笔记本电脑来。

教室里很安静，一片落笔的沙沙声。

我做到一半，扭了扭脖子，旁边却伸来一只手迅速地把我桌面上的试卷抽走。我下意识地侧头惊叫出声："你干吗？"

声音惹来周围同学的注意，而那只手在我出声的瞬间飞快地缩了回去。

我惊讶地对上覃媛媛埋怨的目光。

方老师敲了敲我的桌子："好好考试。"

随堂测验结束之后，覃媛媛拉着我去图书馆后面的厕所，一开口就是责怪："流云则，我没想到你这么不够朋友！"

"我怎么不够朋友了？"

"那你干吗在我拿试卷的时候故意那么大声，还惹来老师？你把课堂笔记借给梅颖，让我抄一下试卷又怎么了？"

……

话语声渐渐在日渐炎热起来的阳光下变得模糊，我看着眼前咄咄逼人、喋喋不休的少女，忽然感觉到一阵阵凉意从心底蔓延开来。

到底发生了什么事情呢？

在短短的时间里，她就变成了我完全不认识的样子。

第三天，梅颖还我课堂笔记，又问我要不要一起去小卖部买瓶水喝，我想了想，同意了。

梅颖问起物理随堂测验的事情，我忍不住跟她抱怨了一下："为什么她那么理所当然地认定我就得给她抄呢？"

梅颖也很无语："她就是那种个性，说好听点是直爽，说难听点，我也不知道该怎么说。你也别放在心上。"

也只能这样了。

【2】

在学校里发生的这些事，我渐渐地不跟爸妈诉苦了，也从来不跟夏池西诉说。

也许是到了一定的年龄后，像我和夏池西这样亲如姐弟、两小无猜的关系，也会渐渐淡漠下来。

我的烦恼比小时候要多得多，夏池西却依旧一副天真无邪的样子。

渐渐地，我更愿意跟同班同学一起放学回家，而不是跟夏池西在一起。

五一假期的第一天，我和夏池西在市图书馆下面的一条林荫道上骑自行车，嬉闹着绕圈时，夏池西陡然爆发出的惊叫声，让我骤然意识到男生和女生是完全不同的。

"姐姐，你裤子上全是血，你哪里受伤了？"

我气急败坏地骑着车冲回家。

"姐姐，你没事吧？姐姐？"夏池西跟在我身后担忧地大喊。

"不要问了！"妈妈没在家，我摔上门，躲进浴室。

早在六年级，学校就组织学校的女生上了生理教育课。

而我们班上很多女生也都步入了神秘兮兮的少女期，经常可以听到她们小声地问："××，你带了'面包'吗？"

一开始我不明白什么是"面包"，还真拿出了吃的面包，被她们笑了一顿，才有人解释给我"面包"的含义。

所以，我当然知道我现在的情况是怎么回事，也知道我现在需要做的事情是什么。

我从浴室出来，发现门外的夏池西没了声音。我急着去爸妈的卧室寻找"面包"，也没放在心上。却没想到，我翻了半天，也没找到"面包"。

不会吧，不是妈妈的"面包"用完了吧？我现在这个状况要怎么去超市买"面包"啊！

这个时候，门口传来了轻轻的敲门声："流云则，你开一下门。"

是夏池西的声音。

他怎么突然这么小声？

我走到门边，说："干吗？"

"那个……那个……你开门就知道了……"夏池西的语气扭扭捏捏的，"我……我走了啊。"

夏池西匆匆地说完这句话，居然真的走远了。

我狐疑地打开门，发现门口有一个黑色的袋子。拿起来一看，我的脸猛地发烫。

夏池西怎么会把"面包"带过来了？难道他刚刚把我裤子上全是血的事情到处宣扬了？然后，然后才……

啊啊啊！

我躺在床上抱着枕头翻滚的时候，家里的电话响了起来。

我只得爬起来去接电话。

是夏池西打来的。

"那个……我妈妈说，最好抱一个热水袋，那样会比较舒服。"

我直接"啪"的一声把电话挂了。

之后两天，我都不敢出门。偶尔在门外遇见夏池西，我也不敢看他的脸，打个招呼就撤。

不是我害羞，而是因为我妈妈一回到家就知道了我变成少女这件事。不仅她知道了，全小区的大妈都知道这件事了。

我简直要恼死夏池西了。

这个蠢人，这种事情也跟他比我小三年两个月十四天一样到处宣扬，合适吗？

所以一看到夏池西，我就恨不得狠狠揍他一顿，但我现在的情况根本就不适合动粗，最终我只能避开他。

不过夏池西似乎是在害羞，每次见我打招呼都细声细气的，语气柔和得能让我起鸡皮疙瘩。

也是因为这样，我愈发坚定了要躲着他的决心。

三天的假期匆匆而过，回到学校，期中考试成绩张贴在教学楼一楼大厅的光荣榜上。光荣榜前站满了查看成绩的同学，人头攒动。

我正要挤进去看我的成绩，却被梅颖拉住。

"覃媛媛拿了全班第二，年级第七。"在我疑惑的目光下，梅颖慢慢地说道。

真的假的？

"我去看看。"我合上了惊愕地张大的嘴，费了九牛二虎之力挤到光荣榜前，首先就看到学校排名第一列，第七名，覃媛媛；第九名，流云则。

我的嘴越张越大。

覃媛媛的分数比我还高？

这个世界混乱了，还是我产生幻觉了？

我揉了揉眼睛，看到还是这个排名。

挤出人群，看到梅颖脸上的表情很复杂，我估计我的表情也很复杂。我们面面相觑，好半天说不出话来。

上午眼保健操时间，班主任杨老师拿着奖状和奖品走进教室。

"覃媛媛同学是我们班进步最明显的同学，上个学期期末考试，她不仅摆脱了倒数的名次，更取得了第十二名的好成绩。这个学期期中考试，她更是取得了全班第二名、全年级第七的好成绩。而在她的带动下，秦瑟、安晓蓓、刘明几位同学的进步也非常明显。大家要向这几位同学学习！"

教室里响起了稀稀落落的掌声。

我听着名单，猛然发现这三个同学都是后来跟覃媛媛玩得好的女生。

杨老师让她们上讲台领奖状，覃媛媛率先走上讲台，昂首挺胸，神情骄傲。她接过奖状，杨老师低下头，不知是鼓励还是夸奖了她几句。

我看到，下一秒，她脸上倏地露出了灿烂的笑容。

中午我跟梅颖一起去食堂。

梅颖吃了两口餐盘里的食物就撂下了筷子，郁闷地出声："真生气。"

我也说不出安慰的话来。

回到教室，里面一片嘈杂。

我一眼就看到覃媛媛身边围满了人。

我刚坐下，拿出数学练习册准备做作业，就听到似乎是有人问覃媛媛题目。

覃媛媛轻描淡写地提高了音量："我还没有做过类似的题目，所以帮不了你哦。"

我抬头看了一眼，是文姗姗。她拿着课本回到自己的座位。她坐在我左前方，因此她的抱怨声尽管不大，我也听清楚了。

"骄傲什么啊，谁不知道你考第二名是作弊得来的，还非要说是自己的实力，随便问你一个问题，就拿这样的话打发我……"

她的同桌安慰了她两句："行了，我都说了你别去了，想通过问题目让她出丑，这办法行不通。"

"我就是不爽，凭什么啊？她考得比徐伟文还好！"

"嘘，小声点儿。"

她们再说什么，我就听不到了。

【3】

去洗手间的时候，我也听到了窃窃私语声。

"这一次我们班上多了好多进步学生哦，听说你们班也是啊？"

"是啊。"

"鬼才信那么多人突然就学习开窍了，考试成绩跟平时成绩一比，一个天上，一个地下啊。"

"肯定是作弊了。"

"我知道我们班有人作弊了，她考试的时候就坐在我前面。我看到她考试完把字条丢进垃圾篓里了。"

"这么一说，我也觉得我们班的那个谁也很有作弊的嫌疑！临考试前，她一个人遮遮掩掩的，不知道在搞什么鬼，实在是太可疑了。"

一时间，似乎我们年级都充斥着这样的声音。

就连以前的老同学都从隔壁班跑来问我覃媛媛的情况了，因为她是我们班进步最大的人。

我也不知道说什么好，只说我跟覃媛媛现在已经不在一起玩了。

"这样啊。"老同学没有打听到什么，失望地走了。

但是第二天，学校就炸开锅了。

有人给校长寄了一封信，信里是我们年级全校前三十名从入校以来的三次大型考试的全校排名，重点标出了这一次进步同学的进步名次，有十位竟然是从来没有考过全班前十名的同学。

早操的时候，校长当着全校师生的面朗读了这封信，语调沉痛。

"我们学校是新中国建立以前就已经建成并完善的百年老校，从来以高水平高素质的教学质量著称。建校百年来，我们学校出来的学生，整个G市，哪一个不竖起大拇指赞一声好！可看到这封信，我只感到了耻辱！耻辱啊！如果信中所描述的一切都是属实的，我们学校全体教职员工呕心沥血教出来的却是不诚实、不守信、不进取的学生——我真的不知道，该用什么样的面目去面对这么多全国知名的教师！我也不知道，你们该用什么样的面目去告诉大家，你们是这所学校的学生！"

如鲠在喉。

我觉得抬不起头来，喉咙里仿佛被一块巨大的石头堵住，让我连呼吸都觉得困难，脸热辣辣的。

站着几千人的操场上寂静无声。

校长的话沉甸甸地压在所有人的心头。

"我不希望这样的事情是真的，但同样，我更不希望有这样的学生存在我们学校之中！我们学校，不需要'好成绩''高升学率'来巩固这块百年招牌！我只希望，从这里出去的同学，每一个都堂堂正正，顶天立地，无愧于心！"

一股陌生的情绪在我心中激荡。

得知覃媛媛竟然考出比我高的分数产生的憋闷情绪在这一刻仿佛得到了释放。

"因此，今天、明天，全校停课，这次考试每个年级的全校前三十名，在这两天参加临时考试。其他不参加考试的同学，今天进行思想学习，明天进行辩论。主题我都给你们定好了，'如何做一个人'！"

校长的话音落下，操场上依旧寂静无声。

过了一会儿，校长重重地叹了一口气。

"现在，各班班主任老师、任课老师安排下工作吧。"

各班级开始有秩序地离开操场回教室，那么多人，却没有任何人发出一点儿声音，每一个人都是静默的，脸上的表情都是沉重的。

分散开进入教室的时候，不知道谁骂了一句："该死的，谁去揭发的这事儿啊？"

一时间，视线齐刷刷地朝发出声音的方向看去。

那是一年级D班一个全校有名的吊儿郎当的男生，叫廖天齐，人长得很高大。见大家都看向他，他的语气不由得暴躁起来："别看我，我没作弊，我成绩还是那么烂，我就是想说，谁那么厉害，真是牛！"

他开了这个头，顿时其他人也纷纷议论起来。

"我老早就看不惯那些作弊拿好成绩的人了，考试没被抓到，现在报应来了吧。"

"就是，就是。"

充斥在耳朵里的大多是这种论调。

班主任杨老师重重地咳嗽了一声，大家又安静了下来。

她的脸色十分难看，显然今天发生的这件事给她的冲击非常大。

"我们班进全校前三十名的同学，带上笔、班牌、校徽，跟着政治老师李老师走。"她言简意赅地说。

我连忙找出笔筒，确认了笔、修正液都可以用，就站起身来。

全校前三十名，我们班占据了七个位置。

我们跟在政治老师李老师身后，鱼贯走出了教室。

很快，李老师带着我们走到了图书馆一楼。

一楼有两间大阅览室，我们和二年级的全校前三十名间隔而坐。

很快就有老师走进来分发试卷，她一边发试卷，一边柔声说："不要过于紧张，把这次考试当成普通的考试就行了，沉下心来，先仔细检查试卷，写清楚姓名、班级、学号。本场考试，一年级考语文，二年级考数学，语文试卷一共12页，数学试卷一共9页，大家注意检查，发现缺页漏页，及时向我报告，我会帮你更换试卷。"

我拿到试卷后，先确认了没有缺页也没有漏页，又快速地浏览了一次试卷题型，第一眼对几个选择题做出了选择后，才在试卷左边填好了自己的姓名、班级、学号。

做了一个深呼吸后，我沉下心来答题。

考试时长完全按照正规的考试来计时，上午的考试结束之后，走出考场时，不少人脸色都非常难看。

回到教室，我坐下来没多久，桌上就有了好几张字条，都是问我考试情况的，还在最后写了一句："加油，我知道你一定能考好。"

我都给她们回了一个笑脸，一句话："题目不是很难。谢谢，我会加油的。"

【4】

尽管学校弥漫着一股风雨欲来的紧张感，两天的考试还是飞快地过去了。

而成绩在第三天清晨的早操时间公布。

升旗台旁的主席台上，教导主任站在话筒前，校长站在他旁边。教导主任一个个念出年级排名和分数，再跟稍早之前公布的全校排名一一对应。

全场寂静无声，只有教导主任那不是非常标准的普通话在操场上方回荡。

我眼观鼻，鼻观心，心跳却飞快。

然后，我听到了自己的名字。

"流云则，一年级A班，本次考试第五名，期中考试成绩第九名。这位同学在短短的几天内进步很大啊。"

脸有些烫烫的，心里更多的是被肯定了的高兴与骄傲。

教导主任一共念了23个名字，最后，他说："请刚刚被我念到的这23位同学，按照名次先后顺序上前来！"说完，他还招了招手，"来，上来。"

第一名的顾原第一个走出来，第二名的姜兰兰也走了出去，我连忙也跟了上去。

校长笑眯眯地跟我们每个人都握了手，拍着我们的手背，说了一句："好孩子。"

那一刻，一股不知名的酸楚袭击了我，我竟然感觉到眼泪差点夺眶而出。

我连忙吸吸鼻子，按照老师的指示，站在了第四名的旁边，面对着底下的同学们。

"这23位同学用成绩证明了自己，证明了自己无愧于我们学校的名声！我们大家应该给他们掌声！"

说完，他带头鼓起掌来。

23个人都挤在主席台上，那场面是颇有些壮观的。底下轰然爆发的热烈掌声让我感到既有压力，又觉得难为情得不敢抬头。

"这23位同学，你们也不要害羞，不要紧张，你们值得这种奖励的掌声！"

听到这话，我忍不住挺直了脊背，抬起头来。

"我为你们骄傲，也为剩下没有点到名的7位同学感到羞愧！为什么这23位同学能够堂堂正正地站在这里，接受大家的赞扬，你们却不行呢？我希望不仅仅是你们要反省要思考，在场所有的学生都要反省！要思考！"

骤然起了一阵风，吹得高昂的白杨树枝沙沙作响。

"首先，我们来说说作弊这件事。是，作弊是能够得到一时的好成绩。只是，这个好成绩能够让你在你所在的班级立足吗？能够让你学校立足吗？答案是显然的，不能！你的同学鄙视你，你的校友看不起你，大家提起你，都会说，你的成绩是靠作弊得来的！"

教导主任顿了顿。

"当然，你可能还不服气，觉得自己能在监考严密的考场上作弊是一种本事。其他人没你的本事，又眼热你的成绩，才会吃不到葡萄说葡萄酸。但这只是自欺欺人的说法。很简单，你这本事，能够让你不被人看不起吗？能够在你出了学校后，让你找到好工作吗？答案是很显然的，不能！"

教导主任的话掷地有声。

"还有些同学会这样想，他作弊拿了好成绩，我也要作弊拿好成绩，反正大家都作弊，就无所谓了。对于这种想法，我只想送你们两个字——愚蠢！你随波逐流地去作弊，能给你带来什么好处吗？答案是很显然的，不能！"

他的话音停了停。

"等你参加更大型的考试，在严密的监考下，你还能够继续作弊取得好成绩吗？就算你手眼通天，真的在升学考试中取得了好成绩，甚至收到了私立学校的邀请，免费念私立学校，但你的好成绩还能继续吗？就算你一直依靠作弊参加以后的考试，你还能取得好成绩吗？就算你是孙悟空转世，每次考试都取得了好成绩，可这能让你一辈子都有好成绩吗？答案很显然，不能！"

教导主任一连说完三个"不能"之后，放缓了语速。

"这个世界是公平的，你付出了多少，就会收获多少。这个世界也是残酷的，你靠着小聪明能获得一时的荣耀，但是之后你会跌得更惨！也许你会说，我已经很努力地学习了，却没有考出好成绩，我感觉我是在浪费时间……其实，我告诉你，不是的！你基础打得牢实，能够静下心来，就已经在收获了！你收获了耐心、细致、坚韧等美好的品质，而这些品质必然会为你未来的人生添光增彩，让你的人生变得更加顺遂！所以，不要着急，不要气馁，不要放弃！"

我想我永远难忘这一天，我也不会忘记我的母校，不会忘记校长，不会忘记教导主任，是他们告诉我们，这个世界上有公平，有真理。

但这件事没有就这么结束，杨老师重新选举了班干部，撤销了一部分同学的职位。我则第一次担任了数学课代表。

这事件过去后的一个星期内，陆陆续续有同学开始不来学校，再后来就听说他们转学了，覃媛媛就是其中之一。

我最后一次见到她是在周五的上午。

第二节课结束后的眼保健操时间，我捧着数学作业本去老师办公室时，遇到了覃媛媛。

她身边坐着的中年男人应该是她的父亲，我猜想她或许是来办理转学手续的。

他们坐在办公室会客处的沙发上，百无聊赖的样子。

数学老师不在，我把全班的作业本放在老师的办公桌上，准备去上个厕所，然后回教室。

洗手间一个人都没有，我站在洗手台边洗手，突然覃媛媛的身影出现在我面前的镜子里。

"是你写信给校长告状说我作弊的吧？"覃媛媛幽幽地说道，明明是问句，语气却很肯定。

我很错愕，转过身面对她："为什么你觉得是我？我看起来那么闲吗？"

"我考试成绩比你好，你嫉妒了！"覃媛媛的目光好似淬了毒般，要是眼神能杀人，我怕是已经被她凌迟了。

我忍不住冷笑出声："我嫉妒你？你别搞笑了，我为什么要嫉妒作弊得到的成绩？"

"那就是不满，不满我考试成绩比你高！我不过就是想成绩好一点儿让我父母高兴高兴，你凭什么这么做？"覃媛媛气急败坏地打断我的话，不由分辨地说道。

"疯子。"我懒得跟她争辩，擦过她的肩膀，扬长而去。我的确不满她靠作弊获得好成绩还能得到老师的夸赞，但也仅仅只是不满而已。

"你以为你了不起啊，你会遭报应的！"覃媛媛恶毒的声音从我身后传来。

我忍不住朝天翻了一个白眼。

谁应该遭报应啊？

【5】

发生在我们学校的事情很快就传开了，夏池西听我说完当时教导主任训话的内容和场景，顿时激动不已，说非要考我们学校不可。

我愣了愣："你不考这所学校，还打算去哪儿？"

夏池西有些踌躇，但最后还是坦白了："博雅学院连续两年出了市状元，我爸妈想让我念博雅学院。"

"可是博雅学院的整体分数不行啊。"我爸妈也常常在家里说这些，所以我也知道得不少。

"也是。"夏池西无所谓地说，举高手喊，"服务员，麻烦再来一碗牛肉拉面。"

真是孩子气。看着无忧无虑的夏池西，我不由得这样想。

可能是我渐渐长大的原因，我眼里的夏池西开始变得幼稚、可笑、思维简单。我在面对他时，甚至生出了一些大人的宽容和漫不经心来。

而真正让我们渐行渐远的不是年龄，而是初恋。

一年级很快就结束了。

拿到成绩单，爸妈看着我全优的成绩，心里很喜悦，告诉我今年暑假不用再偷偷摸摸跑去海边玩，这一次他们带我去旅行。

我们飞去云南昆明，转车去香格里拉。

到香格里拉没多久，我就出现了耳鸣、头晕眼花、心跳加速的症状。还没来得及欣赏香格里拉的美景，我就因为强烈的高原反应，直接被送到了医院吸氧。

一开始爸妈都在医院陪着我，可我很快就好转了，他们觉得陪着我也没意思，就让我待在医院休息，他们去去山里就回来。

我也不是小孩子了，也没有脆弱到一生病就必须有人陪着不可，当时就欢快地叮嘱爸妈让他们玩得开心点儿。

待在医院里挺无聊的，打完吊针之后，我就在病床上翻来覆去地睡不着。

看着窗外灿烂的阳光和明亮的蓝天，我忍不住跑出了病房。怕护士姐姐教训，我蹑手蹑脚的，仿似做贼一般。

但我还没有走到电梯口，就被护士姐姐叫住了："510房的！"

我心一紧，想假装没听到。

"叫你呢，你不好好在病房待着，想去哪儿？"

我身上的条纹病号服显眼不说，左看右看，目前这电梯前就只有我一个人，我只好讪讪地转身："我这不是无聊吗？想去楼下走一走。"

她从白大褂口袋里掏出一个本子翻了翻："就在楼下啊，不能走远，下午2点后你还得再吊两瓶大的一瓶小的药水，要按时回来啊。"

我连连点头，拍着胸脯保证："没问题，保证2点之前回来。"

云南的空气跟我们那儿重工业城市完全不一样，清新干净，就连院中的大树叶片都翠绿几分。

我双手插在口袋里，闲庭信步地走着。看到鲜艳却只有指甲大小的野花，停下来，好好观赏一番，还恨自己没有相机，不能将它们拍下来。

可院子就那么大，10分钟就走完了。坐在树荫底下的木头长椅上，我忍不住伸了一个懒腰，打了一个大大的哈欠。

忽然我听到一个惊疑的声音自身后响起："呃——你，你不是A班的流云则吗？"

我吓得把半个哈欠憋了回去，讶异地回头，却看到一个有些眼熟的好看的少年站在我背后。他的眉毛很淡，却有一双漂亮的眼睛，细碎的短发遮住额头，勾勒出他精致的脸部轮廓。

"你是……"虽然很眼熟，但我确定自己不认识他。

他似乎有些惊讶，张了张嘴，最后说："我是顾原。"

哦，第一名啊！学校鼎鼎有名的第一名！

但他不是A班的，他在C班。对我来说，是从来只见其名、不见其人的学霸。尽管许多次在一个考场，还曾经站在主席台上一同接受表扬，但我都没好意思去认真打量对方的脸，只模糊地知道他是我们学校的校草，还是学霸，传说中的高富帅、男神。

真是名不虚传啊！

"好巧啊，你也来住院？"最后，我干巴巴地这么说。

第二章

当青春期毫无预兆地到来
——是兄弟就帮我追文钦

You
ARE THE
FIRST ONE
IN THE WORLD

喜欢是什么呢？

喜欢就是每天都可以见到你，喜欢就是奥特曼还可以打小怪兽。

而暗恋是什么呢？

暗恋就是有苦说不出，还自我感觉特别良好。

对，傻子才会去暗恋。

我就是那个大傻子。

是兄弟就帮我追文钦

我这辈子最后悔的事情，就是让宣琴和文钦认识。

我叫顾原，按照其他人给我的评价，就是英俊潇洒，成绩优秀，传说中的"别人家的孩子"。按理说，我就应该没烦恼，活得开开心心自由自在，舒爽得不得了。

但实际上不是这样的。

话要从头说起。不得不说，这真是一个俗套的故事，还是电视剧都懒得再用的桥段。我跟宣琴是青梅竹马，她妈妈原来跟我爸爸妈妈是同一所学校的老师，后来她妈妈被博雅学院挖走了，但我跟宣琴依旧是住在一个院子里的好伙伴。

宣琴从小就长得比我高，尽管我年纪比她大，但由于身高原因，从小她就以我姐姐自居，明明超级怕打雷，超级怕毛毛虫，超级怕黑，但她总是拍着胸脯说："好兄弟顾原别怕，我会保护你。"

每次我听到都在心里说一声，谁要你保护啊，我保护你才对吧。

还有，什么好兄弟啊，你到底是看什么电视剧或者漫画才得出"我们是好兄弟"这个结论的？太蠢了。

从小我在院子里就不受欢迎，因为我总是"乖巧听话成绩好"，这让邻居家孩子的日子很不好过。

比如有一回我又拿了全班第一，在回家的路上，就听到住在隔壁楼的方天琪故意大声地阴阳怪气地说："某人又考第一名了，大家要小心啊，回家又得挨批评了。"

那会儿我还小，容易生气和冲动，正要冷嘲热讽两句，宣琴就已经气势汹汹地冲上去了。她仗着自己的身高，居高临下地瞪着方天琪："你说什么？敢不敢再说一次？"

方天琪还嘴硬："你这个八婆，长那么高大，以后肯定嫁不出去。"

要不是我拉着宣琴，她肯定挠方天琪一脸伤。

从小就是这样，宣琴是院子里唯一一个不因为自己的父母总是夸奖我而不高兴的人。每次我取得好成绩，她都比我这个当事人还要高兴和骄傲。但如果有人说我闲话，她就会比我还要生气和愤怒。

所以尽管我很不满她老是将"顾原是我兄弟"这样的话挂在嘴边，但我还是忍了。

我清楚宣琴任何小事。

她妈妈一直以男生的标准来要求她，给她买中性化的衣服，剪跟我一样的短发。她如愿地长成了她妈妈期待的模样，所有人都夸她帅气。

唯有我知道，她超级喜欢粉红色，但她从来不肯跟她妈妈说要买粉色系的衣服和饰品。

我还知道，她其实超羡慕其他女孩子留长发，还偷偷摸摸地攒钱，想要去买一顶长假发。

她一不小心就长到了一米七，被全班男生孤立。眼睛近视了，想调座位，坐得靠前一点儿，可是她才提出来，就被全班人嘘。

"你坐前面，那我们还看什么黑板啊！"

放学后，她就占据了我的床，抱着我的枕头哭得稀里哗啦："长那么高又不是我愿意的，现在男生都不乐意跟我讲话，说跟我站在一起太有压力。上体育课，女生也不愿意跟我一组，打羽毛球说我打得太高，打篮球说我作弊。我也不想长那么高啊，一点都不可爱。"

尽管当时我一本正经地拿着数学练习册做题，但心里其实在反驳她。

没有啊，我觉得你真的超级可爱。

为了达成妈妈的期待，拼命努力的样子很可爱。

怕黑却还是假装非常勇敢要保护我的样子很可爱。

就是现在因为受了委屈而难受得哭着抱怨的样子也非常可爱。

但我从来不告诉她。只是在她生日时送她喜欢的可爱的粉红兔子，在她攒不够钱时带她去参加论坛上发布的有偿农家采摘活动。

看到她明亮的笑容我就会很高兴。

我以为，时光就会像以前所有的日子一样，过得飞快而愉快，只是现实并非如此。

寒假的时候，她跟我说好无聊，要我带她出去玩儿。但我早已跟一起打篮球的兄弟们约好了要打球，她从来都对这种流汗又不美观的运动不屑一顾，那天却不知道为什么，她同意了。

我跟她约好，要是她觉得无聊了，必须得跟我说一声再自己去玩儿，不能一生气就跑掉。因为我们并非在附近的篮球场玩，而是跨越半个城区，去挑战城南的一个学校。那个学校校风不良，但学生的打球技术真的没话说。

只是，宣琴一个人走，我怕她有危险。

她恶狠狠地拧了我的胳膊一下，白了我一眼："我就是跑了又怎么样？你打我啊。"

真是拿她没办法。

我只好跟她摆事实，讲道理，好说歹说，她才答应了我。

出乎我的意料，我们在对方校门口集合后，我就开始在他们学校的篮球场比赛，整个过程中，宣琴都很乖巧，乖巧得根本不像她。

抢夺篮球途中，篮球飞出了球场，直直地朝宣琴砸过去。

当时我被两个人拦住，根本来不及救她。我的心提到嗓子眼，差点儿连呼吸都忘记了。

然后，球场上响起文钦大声的责骂声："你怎么回事啊，球砸过来都不会躲！"

宣琴似乎吓傻了，呆呆地看着文钦，不说话。

我连忙走过去打圆场："宣琴是女孩子，肯定是吓到了，你也别太大声了。"

文钦白了我一眼，撩起球服下摆，狠狠地擦了擦脸上的汗，走开了。

我正要安慰宣琴，就听到宣琴小声地问我："那个，顾原，他叫文钦？"

当时我感觉到了异样，但还是点了点头："嗯。"

"刚刚我是吓傻了，比赛结束后，你帮我叫他，我想谢谢他。"宣琴小声要求。

她的要求我从来没有拒绝过，自然答应了。

我没有想到的是，宣琴要感谢文钦救了她两次。

关于宣琴救人不成反被救这件事，我是知道的。

那天宣琴湿漉漉地跑回来，怕被她妈妈骂，还是在我家里换的衣服。我把她的衣服拿去烘干了，她穿上才敢回家的。

我还记得她打着喷嚏，很狼狈，眼睛却亮得灼人，跟我形容救了她的那个人。

她说那个人，眼睛很漂亮，好像水潭般幽深。

她说她对那个人一见钟情。

当时我并没有多少危机感，对宣琴孩子气的一厢情愿的恋慕完全没有放在心上。

谁知道那个人是谁？宣琴还有没有机会再见到他？

我没有想到，是文钦救了宣琴。

两次。

宣琴眼睛亮亮地缠着文钦说这说那的时候，我满心的苦涩。

从我这儿得知文钦是我们篮球队的中锋主力，非常喜欢打篮球，偶像是《灌篮高手》的流川枫之后，她就把自己关在屋子里，拼命地补篮球知识，《灌篮高手》更是连续看了八次。

很快，她就跟我们球队的所有人都混熟了。并且，凭借着对《灌篮高手》的熟悉，她很快就跟文钦勾肩搭背起来。

在一次练习赛结束后，她落落大方地征求所有人的意见："大家觉得我来做你们篮球队的经理怎么样？"

我一脸平静，在宣琴问我球队的各种事情的时候，我就知道她的打算了。

其他人高兴地起哄。

宣琴这么漂亮的一个姑娘来当我们球队的经理，他们乐疯了。

只是，我没想到宣琴会那么快向文钦表白。

在得到大家的同意后，宣琴显然很高兴，但她话锋一转："但是我要先申明一点啊。"

当时我的心里就"咯噔"一下。

"我是因为喜欢文钦，才会想到来做球队经理的。当然，我的动机不纯，也希望大家不要生气，我一定会做好球队经理的工作的。"

回去后，我拉住了宣琴，试图跟她讲道理。

她理直气壮，振振有词："这么多年，我一直按照我妈妈的期待在长大，但这一次，我想任性一回，就这一回。"她看着我，语带哀求，"是兄弟，就不会不支持我吧？"

我看着她的眼睛，她的瞳孔里映着我的脸，却没有真正地将我看进眼底。

第二天，文钦找到我。

我们俩打了一场激烈的一对一球赛。

文钦输了。

最后，我们俩躺在被太阳晒得滚烫的操场上，沉默地看着暮色逐渐深沉的天空。

文钦说："瞧你那傻样，我知道你喜欢宣琴。放心吧，我不会喜欢她的。"

可是，她喜欢你。

【1】

听到我的问话的顾原愣了一下，在我意识到自己问了一个傻问题的时候，他眼睛弯弯地笑了起来。

我没见过哪个男生笑得这么好看，笑得让人觉得世界一瞬间充满了阳光。

一时之间，我有些不知所措。

"对，我也是来住院的。"最后，顾原这么说，然后指着我旁边的空位，问："我可以坐下来吗？"

我连忙往旁边让了让。

顾原坐下来，似乎是学着我之前的样子，摇了摇脑袋，然后伸了一个大大的懒腰："刚刚看你这么做，我就想这么做了，果然很舒服。"

"太阳也很好啊，晒在身上一点儿也不热。"

"嗯。"说完这个字，顾原就惬意地坐在长椅上，脑袋靠在椅背上，闭上了眼睛。

微风吹拂树枝，沙沙作响。白云在湛蓝的天空里变换形状。不远处的声音好似从另外一个世界传来般，显得分外不真实。

我好尴尬。

顾原似乎要睡着了，静默的氛围让我坐立难安。

现在该怎么办啊？我悄悄地站起身走掉，他醒过来会不会觉得我太不够意思了，把他一个人扔在这里？可是，难道我要一直陪着他，看着他在这里睡觉？

我好着急。

这时，顾原忽然开口了："那个，虽然有点儿失礼，但我想问这个问题很久了。"

"呃？你想问什么？"

"流云则，那个……你是姓流，还是姓流云？"他的语气充满苦恼。

"啊，我姓流啦。"

顾原忽然把脑袋撇到另外一边："其实我还偷偷上百度查过'有没有姓流的'这个问题。"

我越发惊奇了："这，这有什么好查的啊？"

顾原嘟囔道："好奇啊。看到成绩榜单上居然有人叫流云则，第一眼，还以为你是个中日混血，但是，看本人一点儿也不像嘛……"

他这口气，难不成我不是中日混血，他很不满意？

我不知是该笑还是该生气，只得转移话题："时间不早了，我要回去打吊针了。"

顾原懒洋洋地应了一声："哦。"

我站起身，准备离开，忽然觉得有些神奇。

在异地他乡遇到学校的男神，他还很自然地跟我打了招呼，很纠结地问了我姓氏，很郁闷我真的不是中日混血……

然后，我又听到他说："你在哪个病房？你也是一个人来旅行的吗？要不要一起走？"

男神居然问我等凡人这些问题，还邀请我一起旅行？

最终，我说："我跟我爸妈一起来的，我有高原反应，他们没有，就去玩了。"

等了一会儿，顾原都没有回话。我站在原地，尴尬再一次涌上心头。过了一会儿，我小声地说："那我走了啊，再见。"

顾原完全没理我。

男神的心，真的好难懂。

我默默地走回了病房。

我以为这只是一次偶遇，却没有想到，不怀好意的命运将它变成了我青春记忆里的一次伤疤。

【2】

旅行的日子过得很快，我回到家，开心地敲开了夏池西家的门。

是在夏家打扫的阿姨开的门。

我给了她一个大大的拥抱，然后送给她装有大罐普洱茶的礼物盒。

阿姨有些不好意思地笑着："啊，我也有礼物啊。"

"嗯。"

工作日，阿姨和夏叔叔自然不在家，夏池西双腿盘坐在客厅沙发前的地毯上，面对我的到来无动于衷。

真是个讨厌的家伙。

我喊他："夏池西！弟弟！"

夏池西明显闹别扭了，故意转过身去背对着我。

我不由得笑了，走过去，用力地拍他的肩膀："嘿，干吗呢？一个星期不见面，你就不想我吗？"

"你也知道我们分开了一个星期啊？"夏池西恼火地拧起眉毛，瞪着我，"不是带了手机吗？为什么给你发短信都不回？"

我讪讪地笑，摸了摸鼻子："手机被偷了。"

夏池西一下子就站了起来："什么？那你有没有事？"

没想到这个家伙这么关心我，我摇了摇头："没事，手机什么时候被偷的我都不知道。"

夏池西一脸"你开玩笑吧"的表情："有你这样的吗？那为什么不叫叔叔阿姨给你买新手机？"

我翻了一个白眼，拉着他："你坐下。我家又不像你家这么有钱，说买手机就买手机啊。我妈妈说了，我下个学期得好好表现，考班级第一就给我买。"

夏池西摊开手："好吧。那姐姐你加油！"说完，他把手掌摊开，手心向上，伸到我面前晃了晃。

我故意说："干吗？"

"你说呢？"

"你不说我怎么知道你要干吗？"

"我都听到了，你给阿姨带了礼物，那我的礼物呢？"夏池西的语气是理所当然的。

我其实还想逗逗他，但怕他又生气，于是说："你看我两手空空了呀。"

夏池西异常爽快地站起身："那走吧。肯定是太大份了，所以放在你家拿不过来吧！"

我鼓掌："答对了！"

"真幼稚。"夏池西撇撇嘴。

"不知道是谁刚刚幼稚地闹脾气。"我不甘示弱。

"不高兴你打我啊。"夏池西挑衅道。

我们俩拌着嘴，走到楼下我家。

我给夏池西带了不少礼物。我指挥夏池西坐在沙发上，然后我一样一样地递给他。

"一块布！"夏池西怪叫。

"喂！那可是大理的特产，叫扎染布！"

"还有一顶草帽！"夏池西崩溃般地喊道。

我连忙把顶在他右手食指上的草帽抢过来："这个也是我在大理买的，大理草帽！"

"你傻不傻啊？这玩意儿到处都是，要你特意去云南买了送给我？"夏池西抓狂地说。

"你不是没去云南嘛，给你看看云南的特产，你就知道云南是什么样的了。"

夏池西鄙夷地斜眼："我直接打开电脑，在百度里输入'云南'两个字，海量图片、高清摄影，随便我看。"

这么一想，我是有点儿傻哦。但是，不管了，我都辛苦带回来了。

我小心翼翼地从木盒里捧出一尊木雕来，递给他："喏，重头戏来了。剑川木雕，你不是属鸡的吗？我特意给你选的。"

那是一只骄傲的单脚独立的雄鸡，昂首怒目的样子让我一眼就觉得熟悉。

夏池西接过木雕，翻来覆去看了半天才嘟囔了一句："这还差不多。"

之后我们俩又说笑了一会儿，玩了几轮赛车游戏。

在妈妈买菜回来之前，夏池西抱着我送给他的礼物回家去了。

他把明明嫌弃得不行的大理草帽戴在头上，从背后看过去，好像动漫里的草帽路飞。

我其实察觉到了夏池西兴致其实不太高，我以为是因为一个星期都没有跟他联系，虽然表面上他不生气了，实际上还在怨我的缘故。

夏池西从小就这样，总是暗地里生气，却不说为什么生气。

我习惯了之后，就不怎么理会他，也不会哄他开心。

【3】

晚上妈妈准备了一大桌丰盛的菜，有我爱吃的糖醋排骨和柠檬鸭。

饭吃到一半的时候，妈妈突然说："小夏好像要去念博雅学院了。"

我吃了一惊："啊，为什么？"

妈妈奇怪地看着我："小夏没跟你说吗？也是啦，说自己没有考好，就算直升上来，也进不了A、B、C三个重点班，这样丢脸的事情，要是我，我也不说。"

我顿时就沉默了。

吃完饭，我回到卧室，看着院子里路灯散发着温暖的橘色光芒，想了想，决定还是去找夏池西。

妈妈和爸爸坐在客厅的沙发上看电视。

妈妈回过头来，问："怎么？来看电视？"

电视上播放着热血的抗日战争片，此刻两军正在交战，硝烟四起，爆破声轰隆不断。

我皱眉，说："不看。我想弟弟现在肯定很难受，要去博雅学院念书呢。"

爸爸关切地问："阿则，你是要去安慰小夏吗？"

我胡乱地点头。

"还是不要了，男人嘛，这点伤痛还是经得起的。"

妈妈瞪了爸爸一眼："乱说什么啊，人家还是小孩子。"

不过，被爸爸这么一说，我看着大门，最终还是没有迈出去。

甩了甩头，我走回了卧室，在书桌前坐下，打开桌上的书开始看。

那个家伙想必自己会排遣郁闷吧。

而且，万一，他要是以为我是去嘲讽他的，可就不好了。

就这样，我和夏池西开始在两所位于不同方向的学校念书。博雅学院离我们家的小区有些远，走读了一个月之后，夏池西住了校。

听妈妈说了这个消息后，我特意在周四的时候没有回家，而是坐车去博雅学院看他。

站在男生宿舍楼下面，我给他打电话。

他扭捏地问道："你来干吗？"

博雅学院的环境非常好，白色的大楼掩映在高大的绿色乔木中间。学生宿舍楼伫立在学校食堂旁，男生一边，女生一边，井水不犯河水。

我笑着说："担心你啊。"

"有什么好担心的，我已经是个大人了。"

夏池西坚持不肯带我进他住的宿舍看，最后我只得退一步："那我都来了，你不会什么都不带我看吧？我晚饭都没有吃。"

夏池西带我去他们学校的食堂吃饭。

食堂环境比我们学校要好，什么都是崭新的。

夏池西带我去吃米线，说这个大师傅做的米线可好吃了。

吃饭的途中，我又问他学习的情况。

他眉飞色舞地说："小意思。数学老师还问我要不要参加奥数班呢。"他有些矜持，有些骄傲，"但我还在考虑。虽然奥数成绩可以加分，但是我现在还没有把握能在考试中取得第一名。要是没有考到第一名，浪费那么多时间去参加奥数班就太不划算了。"

"叔叔阿姨的看法呢？"

夏池西抬了抬下巴："爸爸妈妈让我自己决定。"

我有些羡慕，又有些高兴。

我弟弟果然如他所说的，已经长大了。

这让我有些惆怅。

住校生晚上从6：40开始上晚自习，我6：20跟夏池西道别，穿过博雅学院校门前长长的林荫道，走到喧嚣的大街上。

盛夏，天边有艳丽的火烧云，整个城市宛如被笼罩在怒放的荣光之下。

我站在公交车站牌下，等着回家的539路汽车。

"流云则？"

我循声望过去，顾原提着篮球网兜，一身清爽地站在离我不远的地方。他对上我的视线，露出一个淡淡的笑容。

"顾原，好巧。你家住在附近？"能在校外碰到顾原让我心里有些欣喜。

本以为在云南的那一次偶遇过后，就仅仅是那样了，没想到开学的第一天，我挽着梅颖的手去食堂的路上跟他和他们班的男生狭路相逢。

"嗨，流云则！"让我没想到的是，顾原居然主动跟我打招呼了。

感觉到梅颖惊诧的目光，对面男生们的侧目，我有些不好意思："顾原，你好。"

顾原却若无其事地说："去食堂啊？要不要一起？"

当时的我感觉实在是太尴尬了。

我干笑着，匆匆忙忙地说："没，我们要先去图书馆。那个，再见。"说完，我就拽紧梅颖的手，落荒而逃。

之后，在梅颖八卦兼逼视的目光下，我招供了云南跟他相遇的那一段。

梅颖摸着下巴，若有所思："难道，顾原看上你了？"

我顿时大惊失色："怎么可能？"

梅颖又说："怎么不可能？你看，在云南的时候，是他先跟你说话的吧？回学校了，还主动跟你打招呼，这不是喜欢你是什么？"

我又羞又窘，说："没这样的事情。要是他跟认识的人都打招呼，那他不是喜欢所有人了？"

梅颖一脸无语地看着我。

尽管我不赞同梅颖的看法，但不可否认的是，能被校草男神认识并记住，还在大庭广众之下表现出"我跟她关系不一般"，让我颇为沾沾自喜。

而现在居然再次在公交车站遇到。

"对啊，我家就在附近。"顾原爽快地说。

我觉得他的目光里有种说不出的情绪，这让我有些羞赧和心慌："我来博雅学院看我弟弟，他考到这里来念书，最近还办了住宿。我怕他不习惯。"

顾原拖长语调意味深长地"哦"了一声，然后在我还没来得及反应过来前，问我："我要去打篮球了，你要不要去给我加油？"

"呃？可以吗？"没想到会突然被邀约，我又惊又喜，下意识地问道。

顾原笑了："当然啊，我邀请你。"

【4】

后来的我才明白，暧昧是所有伤人方式中最重的。

只是当时的我不懂，还以为对方的暧昧是真心对我有意，却因为我们都还小，他只肯暧昧地对我笑、暧昧地对我好、暧昧地向全世界宣布"她只有我能欺负"，我只需心领神会，只能接受，并且深陷。

顾原带着我穿过一片小区，来到一座人不少的公园。迎面走来几个男生，他们笑着跟顾原打招呼。

其中一个高大且瘦的男生斜视着我，用肩膀撞撞顾原，挤眉弄眼地故意大声问："顾原，你从哪里拐来这么好看的妹子啊，也不介绍一下。"

"不要乱说。"顾原严肃地说，瞪了他一眼。

"小气。"男生走到我面前。

我才发现他是真的很高，起码超过一米八，蓝色的球服像块布一样挂在他身上。

他朝我伸手："美女，交个朋友啊，我叫文钦，跟其他人不一样，我是博雅学院的。"

我先看了顾原一眼，顾原淡漠地拍着篮球，我不想失礼，大方地伸出手跟他握了一下："我是流云则，跟顾原一个学校。"

"你跟顾原是一个班的吧？"文钦好奇地问。

我正要摇头说不是，就听到了顾原不耐烦的声音："文钦，你还想把人家祖宗十八代都问出来啊，过来打球。"

"哦！"文钦朝我做了个鬼脸，就跑过去了。

尽管我形容不上来他们打球技术如何，但是他们活动开，你传球给我、我传球给你之后，篮球场渐渐围满了人。

文钦还投了个三分球，球进了之后，特意跑到我面前来问我："刚刚我帅不帅？"

我完全无语。

他们练习了十几分钟后，从场外又走来几个穿着红色球服的男生。

他们一出现，就有女孩子尖叫："是藤学长！"

那架势好像是天王驾临，周围顿时爆发出一阵窃窃私语声。

我囧了一下。

不过那群人却没有理会骚动的人群，而是自顾自在一旁活动着手脚。顾原上前去跟其中一个皮肤特别白皙的男生聊了几句后，那个男生跟身边的其他人商量了几句，很快就对顾原点了点头。

一个女孩子跑过去，不知道跟他们说了什么，脸上陡然露出灿烂的笑容来。

等她走到篮球场中间，我才发觉她长得很好看。

细碎的短发，斜刘海儿盖住一半额头，露出一双好看的细长眼睛。她穿着别的学校的校服，宽大的校服在她身上看着一点儿也不臃肿，反而因为高挑的身材显出几分俊逸。

她站在篮球场中间，一手举着篮球，脖子上挂着的口哨此刻被她叼在嘴里。

两支篮球队摆好姿势，站在她两侧。

她吹了一声口哨，同时，单手用力地将手中的篮球高高抛起。

在今天以前，我从来没有关注过篮球这项运动。因为我运动神经一点儿都不发达，别说打篮球了，就是普通人一学就上手的羽毛球、全民运动的乒乓球，我都完全不会。

而从小跟我一起玩的夏池西玩这些倒是很厉害，不过我不玩，他也总是没什么兴趣的样子。但就算是我这个外行人，都能看出他们是很厉害的。

只是我真的看不懂。

他们在场上你来我往，身边的人一会儿握紧双拳激动不已，一会儿因为球没有进而发出长长的哀叹，很快又因为某某投进了球而发出一声响亮的赞叹声："这球漂亮！"

顾原似乎一直在传球给他的队友，不时地朝对方比画手势。

文钦倒是一直上蹿下跳，好不热闹。这下他又接到球了，运起球就往前狂奔，但很快对面就上来两个人将他堵住。

旁边的人紧张地碎碎念："传球，传球。"

但文钦并没有传球，而是像夹心饼干一样被那两人夹住，只能运着球团团转。

眼看着时间一分一秒地过去，其他人都胶着对峙。

突然那个姑娘急促地吹了一声哨子，然后比画了一个手势，其他人一下子就散开了。

到这时我才明白，原来她是裁判。

顾原拍了拍文钦的肩膀。文钦双手扶住膝盖，急喘了几口气，而后跟着那个姑娘走到一个篮球架前。其他人也走了过来，将篮球架团团围住。

那个姑娘站在篮球架下，单手拍了几下球，之后传给了文钦。

文钦双手拿着球，一下一下地拍着。

不知不觉周围的人都安静了下来。

"这是干吗？"我不由得问。

站在我身边的女生奇怪地看了我一眼："打手犯规了啊。"

"打手犯规是什么意思？"我忍不住继续不耻下问。

"你这都不懂，来看什么篮球啊？"对方明显不耐烦了，白了我一眼。

周围实在是太安静了，我们的对话自然被其他人听到了，感觉到扫到自己脸上各种意义不明的视线，我的脸有点儿烧。

真的好尴尬。

而这时球场对面的人突然爆发出一阵欢呼声："进了！"

文钦的那一球进了。

瞬间那些人就没空注意我了，我不由得松了一口气，心里却有种说不清道不明的感觉。这种感觉在比赛结束后还没有散去。

球赛结束了，我也该回家了。

虽然盛夏天黑得晚，但现在也已经暮色四合了。

打完球赛的那一群人，拿毛巾擦脸的擦脸，喝水的喝水。文钦还豪迈地仰起头，将一瓶水浇下来，而后用力地甩了甩头发。站在他旁边的正是那个当裁判的姑娘，水都溅到她身上了，恼得她举起手就朝文钦打过去。文钦连忙躲开，她就追了上去。

我感觉自己就像另外一个世界的人，实在是不好贸然上前打扰。

我踌躇了一下，正想离开，就看到顾原扔下擦脸的毛巾，朝我走了过来。我停住了脚步。

等他过来，我就跟他说我要回家了。我这么想着。

顾原却提出邀请："我们准备去吃点儿东西，一起吧？"

我吃了一惊，连连摆手："不用了吧，又……"我想说又不是很熟。

文钦听到了，凑上来，灿烂的笑脸挡住了顾原的脸："好啊好啊，一起啊。"

那个当裁判的姑娘也跟了过来，瞪了文钦一眼："她又不是我们球队的相关人员，一起去干吗？"

【5】

这直白的话让我立刻从感觉尴尬到感觉难堪，偏偏顾原这个提出建议的人不发一言，而文钦这个提出附议的人只是挑高一边眉毛，长长地"哦"了一声。

这让我别扭劲儿一下子就涌了上来，匆匆忙忙地丢下一句"不好意思，我要回家了"，拔腿就跑。直到跳上公交车，看着车窗上的投影，才后知后觉脸烫得厉害，那是因为窘迫。

回到家，坐在沙发上看韩剧的妈妈回过头："弟弟怎么样？他是男孩子，应该适应得不错吧？要是你去住宿，我看非得哭不可。"

前半句很正常，后半句的评语是怎么回事啊。

我愤愤不平："再怎么说我也比夏池西大，他能做到的事情，难道我做不到吗？"

"那可难说，你从来没有单独离开过家。"妈妈说完这句话，恰好广告放完了，她连忙转过头去盯着电视不放。

真是，莫名其妙地受了一个陌生人的奚落，回到家来还被妈妈嘲笑，这样的日子真是受够了！

我闷闷不乐地走进自己的房间，拧开台灯，拿出白天老师布置的作业，摊开做了一阵子题目。心里烦躁得很，于是我悄悄地出了卧室，看妈妈专注于电视剧，就快速地跑到书房。

爸爸从报纸后面探头看了我一眼："想玩电脑啦？"

"对啊。"我直白地说。

"作业做完没有？"

我想了想，还是老老实实地坦白，顺便抱住爸爸的胳膊撒娇："还差一点儿没做完，可是心情不好，我想玩一会儿。"

"那不能玩电脑，作业才是第一位的。"爸爸冷酷无情地拒绝了我的撒娇。

"就玩一小会儿，就一小会儿。我刷个微博、看个新闻之类的。"

"一小会儿是五分钟还是10分钟？"

"啊，这也太短了吧？"

"我觉得呢，你还不如趁着这五分钟、10分钟，先把作业做完。要是你在……"爸爸抬起手腕看了看手表，"要是你在9点半之前做完作业，我就让你玩半个小时电脑。"

我想了想，点了点头："好吧。"

当然，最后我没玩成电脑。躺在床上，我分外想念我的手机。要是手机还在，我就可以给夏池西打电话，跟他说说今天遇到的这些烦心事。反正，我跟他是亲情号码，在市内拨打、接听都免费。

最后我好不容易睡着了。

一个晚上都在做梦。

一会儿我梦到顾原运着篮球在球场上跑，然后站在三分线后，手腕一用力，球就高高地抛起，漂亮地落进了篮筐里。

一会儿我梦到那个姑娘斜看了我一眼，她跟文钦分外亲密地打闹，奇怪地问文钦："这个人是谁啊？干吗在这里？"

文钦轻描淡写地说："谁知道是谁啊，我不认识。"

早上醒过来，我头痛极了。

更糟糕的是，因为平时我都很自觉地早起去上学，所以妈妈从来都不叫我起床。我妈妈很早就养成了大清早去公园练太极剑的习惯，练完太极剑后，就去早市买菜。所以，今天的我，起晚了。

等我洗漱完毕，只剩下20分钟就到早操时间了。

而一过早操时间，学校大门就要关闭，到时候虽然我能进学校，但也要被记下名字，下周一点名批评。

我可不想出这风头。

好在我平时喜欢攒着零花钱。

　　我快速地把妈妈留给我的面包塞进书包里，飞快地跑到小区门口，拦了一辆出租车，让司机大叔快点儿送我到学校。

　　车子一停下，我就抱着书包往校门口冲。

　　学校门口站着好几个人，其中一个男生一伸手将我拦住了："你的校牌呢？"

　　我先是摸了摸校服口袋，没有，又翻了一下书包，还是没有，顿时傻眼了，校牌没带在身上！

　　没有带校牌进学校，也是要被点名批评的！

　　我今天真是屋漏偏逢连夜雨，倒霉透了。我正打算老实跟那位同学说我没带校牌，忽然一个熟悉的声音传来："怎么了？磨蹭半天。"

　　我抬起头。

　　顾原站在不远处，手里拿着一个本子，看到是我，皱起的眉头松开来："早啊，流云则。"

　　我勉强扯了扯嘴角："早。"

　　顾原跟拦住我的男生说了句："你去看着另外一边吧。"

　　那个男生点点头，走开了。

　　之后，他小声问我："怎么？是不是忘记带校牌了。"

　　我沮丧地点头："早上起晚了，还是打车来的，没想到还是逃不过被点名批评的命运。"

　　顾原看着我，随后下巴往教学楼方向一扬："看你可怜，赶紧进去吧。"

我顿时惊喜地瞪大眼睛。

"快进去吧。"顾原又催促了一句。

我只好匆匆地说了句:"谢谢啊。"就快速地从他身边进了学校。

早操结束后是英语早读课,我正背着课文,忽然手肘被人推了一下。侧头看过去,同桌对我努努嘴,示意我看向窗外走廊,小声说:"顾原找你。"

早读课虽然没有老师坐镇,但班级干部也不是吃素的。我让前桌给学习委员递了个话,才从后门跑出了教室。

"有事?"

顾原递过来一张空白的校牌:"喏,今天肯定还会检查校牌,我给你拿了一个,你填上自己的班级、姓名,照片可以随便贴一张。"

我顿时受宠若惊,又羞又喜又忐忑的感觉瞬间填满了整个心房:"这也太麻烦你了。"

"举手之劳而已。况且,昨天的事情,我要跟你说抱歉。宣琴……就是那个裁判,她喜欢文钦,所以说话有点儿阴阳怪气的,你千万不要放在心上。"顾原解释道。

我连忙摆手:"没事,没事。"

顾原似乎松了一口气:"那我走了,你也赶紧回教室去吧。"

中午的时候,梅颖拽着我躲到体育馆后面的小树林里,要跟我好好地谈谈心。

在她的眼里,今天早上我跟顾原相会的一幕,简直闪瞎她的眼睛。

不得已，我只好把昨天发生的事情和今天早上的倒霉事一股脑全交代了，没想到梅颖的眼睛反而更亮了："这样还不是喜欢你是什么？"

不可否认，梅颖的这句话正说中我的心事。

我又羞又恼："什么啊，不要乱说！"

梅颖却径自下了结论："你不要狡辩了，老实坦白吧，你们在一起多久了？"

【6】

尽管我再三表示我跟顾原没有任何不纯洁的关系，但梅颖还是完全不相信。

下午放学后，顾原居然在我们教室外面等着我，问我："晚上我们还有篮球练习赛，你要不要来看？"

我一天都被梅颖闹得烦死了，躲他还来不及，正要拒绝，就听到梅颖兴奋的声音响起："篮球赛？我最喜欢看了！"

她说完，就紧紧地抓住我的手，看着我，说："流云则，考验我们友情的时刻到了！"

话说到这个地步，我显然没有拒绝的余地了。

就这样，我的人生突然快速地运转起来，令人头晕目眩。

我开始参加很多课外活动，跟顾原他们那帮打篮球的兄弟也越来越熟悉，甚至跟宣琴的关系也不再僵硬。

我甚至知道了宣琴明着"暗恋"文钦所做过的不少事情。

宣琴之所以会喜欢上文钦，并不是因为他长得帅、篮球打得好这样肤浅的理由。

宣琴是对文钦一见钟情。

宣琴说那是一年级开学前一个星期，她妈妈给她报了一个游泳班，因为她已经是一个少女了，该注意注意自己的体形了。

尽管宣琴觉得妈妈简直是太烦了，但还是听妈妈的话，乖乖地去市体育馆上游泳课了。

上了一个半月游泳课的宣琴，在班上被教练夸赞说是他见过天分最好的学生。宣琴的自由泳、蝶泳更是非常不错。

也是因为这个原因，在游泳课结束后，她骑着自行车回家，经过护城河，看到河中落水的人才会二话不说就弃车跳下去救人。

可是她高估了自己的能力，差一点儿就救人不成反而搭上自己一条命。

是文钦救了她。

"当时我还以为我死定了呢，没想到……我一睁开眼睛，就看到，呃……那个……文钦在给我做人工呼吸。当时，我还给了他一巴掌。知道是误会后，我窘得没有道歉，但他根本没放在心上。后来，我们真正认识了，我才知道他有多好。"

宣琴说这些话时，长长的睫毛垂下来遮住她的眼睛。尽管没法准确地知道她的心思，但是她扬起的嘴角泄露了她愉悦的心情。

"后来，我忍不住就去告白了。可惜，每次我说喜欢他，他笑嘻嘻地回一句，他不喜欢我。虽然他一直说不喜欢我，可是也没有拒绝我的靠近，甚至我跟其他喜欢他的女生说，不准你们喜欢他的时候，他也没有生气。我想，他应该是有一点儿喜欢我的吧。"

那时的我，哪里知道，喜欢啊、爱啊，是一件复杂又难猜的事。

文钦和宣琴两个人的相处我是看在眼里的，听到宣琴这么问，我点了点头："嗯，他肯定是喜欢你的啊。"却不知道，这句话多傻。

年少的我们，想得就是那么简单。喜欢一个人就是喜欢，不喜欢一个人就是不喜欢，哪里会知道这中间还有一个暧昧不清的区域。

日子过得飞快，我每天很晚才回到家，匆匆吃过饭，还要做很多功课。

夏池西只在周末回来，我们却常常见不到面。偶尔在楼梯口碰到，也只是互相拍打一下对方，匆匆几句话询问对方的近况，很快就分开。

以前周末、假期，我们都会在一起玩，现在我却匆匆地赶赴顾原的邀请。

最后，夏池西的消息，我居然还是从爸爸妈妈的交谈中才知道的。

妈妈说："小西这个学期成绩很不错，总分全校第二。书法还获得了市二等奖。"

爸爸哈哈大笑道："我就说要送阿则也去学点画画或者是书法，你看她现在整天都在外面玩不着家。"

我不高兴了，说："我玩归玩，但是成绩一点儿也没有退步啊。"

爸爸哈哈笑着，就把这个话题带过去了。

我在房间里做功课时，忽然看到桌面上的台历，猛然发觉三年级的第一个学期都快结束了。

这么一算，我已经有好几个月没有好好地跟夏池西说过话了。

也不知道夏池西现在怎么样了，总分全校第二，书法也是二等奖，他应该很不开心吧，不管是总分成绩还是书法比赛都没有拿到第一名。

我拿起丢在床上的手机，这手机还是上个学期取得全班第一名后爸爸奖励我的，原先想着有了手机就跟夏池西好好聊聊，结果这个念头早就被抛在脑后了。

手机最近联系人里一整页都没有找到夏池西的名字。

我从通讯录里找出夏池西的号码，却最终没有拨出去。

算了，打了电话也不知道说什么，到时候万一冷场就尴尬了。

周六上午的补课结束，下午放学后，我跟着顾原他们到博雅学院附近的篮球场跟宣琴他们见面。

今天也不知道怎么回事，顾原他们状态十分不好，打了一会儿，有个男生就生气地砸了篮球要走。顾原走上去，劝了几句，对方依旧坚持要走。

"还有一年就要升学考试了，我爸妈都不让我玩了。算了吧，我真的要回去了。"

听到这句话，球队的其他人都沉默了下来。

顾原拿着篮球拍着。

球落到地上反弹回顾原的手上，发出一下一下的"啪啪"声。

球队其他人有些弓着身子，用手撑住膝盖；有些不发一言，做着空投的动作；有些干脆一动不动。

气氛一时很僵。

就在我不知所措的时候，宣琴忽然拉了拉我的手："我们……先走开吧。他们吵架，我们留在这里不合适。"

我一怔，忽然意识到一件事。

尽管我跟着这群人一起活动差不多一年半了，但我还是明显地觉得我是一个外人。而现在这是球队内部的事情，宣琴这是在提示我，我这个外人留在这儿，不合适。

于是我说："你留下来看着，别让他们打起来。"

宣琴没有说话，只是握住我的手，捏了捏就放开了。

我心里有些烦闷，更有些说不出的憋屈，觉得自己跟这些人一年半的交情也不过如此。

其实也对，我不过是跟着顾原，在他们打比赛的时候给他们加加油罢了，能说得上什么交情。但被宣琴直接明示，让我不要参与他们内部的事情，这还是让我分外难堪。

就好像我非要厚着脸皮凑上去一样。

更让我难过的是，明明顾原听到了我们的谈话，却只是抬起头来淡漠地看了这边一眼，甚至没有为我辩白一句。

而早在一个学期之前，在球赛过后去KTV唱歌，大家起哄说我们是男女朋友时，顾原笑着承认了。

而现在，这又算什么呢？

我感觉自己不止一点可笑。

走着走着，就到了博雅学院，我看着博雅学院白色的教学楼，溜了过去，想找找看夏池西所在的班级。

反正他还没有开始上补习课，应该不在教室里。

但出乎我的意料，他们年级所在的楼层几乎坐满了人。基本上都是两三个人围在一起，不知道在讨论什么，分外热烈。我扫了一眼，看到夏池西的身影，大吃一惊。

不知道从什么时候开始，他已经变成一个瘦高个儿了，孤零零地坐在教室的最后一排，低着头专注地看着手里的课本。

我敲敲窗户玻璃。

大家都抬起头来，看着我。

夏池西也回过头来，愣了一下，顿时满脸笑容，说："姐姐！"

我有些心痛起来，在他笑之前，虽然只有一瞬，但我还是看到他的表情，十分冷漠。

他起身走出来。

我发现他长高了不少，竟然已经高出我半个头。

"你来看我？"他凑过头来笑。

我还瞠目结舌的，问他："什么时候长得这么大这么高了？"

"姐姐你还不是越来越漂亮了？"他笑道。

我忍不住踢了他一脚，说："连讨女孩子喜欢的话也会说了吗？"

"我是专门说给姐姐听的。"夏池西无辜地睁大眼睛。

我上上下下打量他，非常不可思议。到底是什么时候，这小子长成这么高大英俊的少年了？记忆里的夏池西，还是个眉目如画的小孩儿，怎么在不经意间，就变成现在这样了呢？

"是补习课吗？大家都是两三个一组，为什么就你一个人待着？"我指指教室内。

他眼神一暗，笑了笑，说："没什么，只是课外小组活动。他们不会的我都会了，没必要一起讨论。"

我明白了。强者总是容易被孤立。想起他听到声音回过头来看到我之前那淡漠的眼神，我心里还是有点儿疼。

我说："那问问老师，咱们不补课行不行？待在这里，也挺没意思的。"

"不补课那干什么呢？"他问我，表情很无所谓。

我想了想："要不，打篮球？"

除了打篮球，我也想不出别的什么了。原来和夏池西疯玩的时候，从来没有考虑过玩什么，只考虑有什么好玩的。但后来，好像除了看顾原他们打篮球，好好学习，天天向上，我就再也找不出其他的娱乐项目了。但想到顾原，我心里很不舒服。

"你喜欢打篮球啊？"

我点了点头。

于是，夏池西安安静静地答道："好。"

他这样的态度让我一下子就笑起来，心里也轻松了很多，说："好轻率的态度。还得看你自己喜不喜欢。来，跟我去看看别人打篮球。我让顾原教你打篮球，他肯定会很乐意的。"

他看了我一眼，问："谁？"

"嗯，我们学校的。"我答道。

"男朋友？"他紧盯着我不放。

我脸上的笑容一下子就收了起来："没有那种事情啦。"

相反，他变得异常难缠起来："他篮球打得非常好吗？"

我点了点头。

得到答案的夏池西不知道为什么变得有些冷漠起来。

等我带着夏池西到达小区的篮球场时，原先起冲突的男生已经走了。除了那位男生之外，还走了两个人。剩下的人无精打采地随意坐在地上，篮球孤零零地躺在一侧。

气氛有些凝重。

倒是宣琴，一看到我们就高兴地迎上来："这是……"她用目光示意夏池西。

"我弟弟夏池西，在博雅学院读书。"

"长得还挺帅的。"宣琴笑道。

我也笑了："你可别当着他的面夸他，他可不经夸了。"然后我悄声问宣琴："现在是什么情况？"

宣琴耸耸肩，也压低了声音："退出了三个，还吵了一架，现在都不高兴呢。我是无所谓，反正文钦在我就在，文钦不玩了，那我就退出。"

我一时之间不知道说什么，最后说："我还想让我弟弟来学打篮球呢。他老闷在教室里，也挺无聊的。"

"那你去跟顾原说。就是他现在心情不好……你懂的。"

我们俩之间的悄声细语自然躲不过就站在旁边的夏池西，这时我听到他在我身边冷漠地说道："我不用他教也能打得挺好的，用不着你去求他。"

我惊讶地看了夏池西一眼，还没说话，就听到宣琴说："嗨，你这弟弟有个性，我喜欢。"

最终，我没有上前去打扰顾原，让他教夏池西打篮球，而是对夏池西说："那好啊，弟弟，加油吧。"

第四章

——第一次明白了喜欢的含义

你是我日复一日的美梦，是我永不可及的爱恋

YOU
ARE THE
FIRST ONE
IN THE WORLD

我做过最勇敢的事情，就是在打听到那个人的生日之前，

买了传说中他喜欢的超贵耳机。

在放学后，偷偷躲在那个人所在的教室一侧，

看着教室里的人渐渐走光，然后，我走进空无一人的教室，

将包装好的礼物塞在他的桌位里，在黑板上写下大大的四个字——

"生日快乐！"

你是我日复一日的美梦，是我永不可及的爱恋

不知道每个人的一生里，是不是都曾有过那么一段想要彻底燃烧的时光？

求而不得，辗转反侧，不顾一切，却又无限卑微。

我是梅颖，在年少懵懂，本应该明媚灿烂的年纪，近乎绝望地暗恋着一个人。

而这个人，是我最好的朋友的男朋友。

尽管她一次都没有承认过。

我还记得我第一次见到他，是开学第一天的开学典礼前。

那时的我，因为去上厕所而没有跟上大部队，在陌生的校园里找了半天

找不到学校礼堂在哪里，好不容易看到一个人，就冲上去抓住他问路了。

"不要着急。什么事？"

宛若春风拂面的声音将我内心的焦急一下子浇熄了。

一抬头，我就直直地望进一双沉静的眼眸中。

他一身白衣，脸色柔和，眼睛里好似点缀着星光。

他让我第一次知道，有一种人，就那样随意地站着，就已经是一道风景。

察觉到对方的目光里满是笑意，我后知后觉发现自己竟然无礼地盯着他看了半天，我的脸热辣辣的，慌乱地低下头，听到了他好听的声音——

"怎么了？"

我才想起正事："那个……我不知道学校礼堂在哪里。"

之后，被老师责问怎么会迟到，被同学笑话，我都无暇顾及，只是心不受控制地胡乱跳动，目光完全无法从主席台上演讲的少年身上移开，他好像在发光。

在接下来忙碌而充实的日子里，我知道了关于他的很多事情。

他在学校外只喜欢穿白色系的衣服，但他的运动服是一成不变的红色。明明跟其他人穿着一样的校服，他却比别人更好看。

因为个子很高，所以他总是微微低头跟人说话。他微侧头的时候，嘴角微微扬起，好似在温柔地微笑。

他在学校的人缘非常好，无论何时何地遇见，都能看到他跟一群男生在一起。随意的样子，却是人群的中心。

他有很多人喜欢，他抽屉里经常塞满了情书和礼物，他却从未表现出跟哪一个女孩子比较亲密。

他喜欢可乐多过其他任何饮料。

他篮球打得很好，却拒绝了学校篮球队的邀请。

他成绩超好，听说从小到大都是第一名，是我们学校当之无愧的学霸。

……

那一阵子，我饥渴且小心翼翼地探听有关他的一切。最喜欢学校放榜的时候，站在学校公告栏前，假装在寻找自己朋友的名字，实际上却用目光一遍又一遍地描绘他的名字。

我知道像我这样平凡的女孩子，是绝对不可能与这样光芒万丈的人有什么交集的，然而，只是看到他的名字，我就会愉快很久。

曾经我以为，时光就会在我默默无闻的暗恋中悄然无声地过去。

直到那一天，他站在人群里，笑着跟站在我身边的人打招呼："嗨，好久不见，流云则。"

他明显对我的朋友另眼相待。

他明显只对我的朋友亲密。

他不止一次地来到我们教室邀请我的朋友去为他的篮球比赛加油。

他已经不记得我了。

我调笑着反复刺探流云则，关于他和她的事。她却从来都只是嘻嘻哈哈笑着，否认没有这回事。

他明显对她上了心，而她怎么敢对他如此轻忽，如此漫不经心。

握紧了手，指甲掐进了肉里，流出血来，我却仿佛感觉不到一般，因为我的心已经痛得不可言说。

我的心中隐藏了一只怪物，我可以感受得到它无时无刻不想冲破牢笼，跳出来伤人。

但我抑制住了。

那是一个秋高气爽的日子，这样秋高气爽的日子，用学校教导主任的原话来说，就是特别适合开运动会。

我最烦运动会了，因为每次运动会都会占用原本用来休息的周六、周日。而运动会开完后，还不让我们喘口气，就开始了下一周的学习生活。

而且我一点儿都不擅长运动，在班干部拿着名册一个一个问大家要报什么项目的时候，我意兴阑珊，不想理会。但很快，班主任老师就走进了教室。因为大家都不配合，我们班报名参加运动会项目的人寥寥可数。这让班主任非常生气，直接在班上点名强制参加运动会。

班主任从来都是只看得起成绩好的，对我们这些成绩差的同学从来就不客气。

她一口气点了十几个人的名字，是从成绩单倒数第一名开始的。

"你们几个，100米、200米、4×100米接力赛、800米、1500米和3000米，每个人都要报一个项目。"

底下一片哀鸣。

她冷笑了一下："怎么？还有意见？成绩不好，参加班级活动也不积极，没有一技之长，出了社会，谁会惯着你们？"

当即，班主任就让班长和体育课代表一个一个地问我们要参加什么项目。

到我的时候，只剩下3000米长跑了。

我都要晕了："我怎么跑得动啊？"

体育课代表小声说："没事，你跑不动，走完也可以啊。"

在全校师生面前，3000米比赛，别人跑完3000米，就我一个人走完？那也太丢脸了。但是已经没有别的项目可以供我选择了。

中午去食堂吃饭，我还闷闷不乐的。

流云则安慰我："没事啦，到时候我拼命给你加油。"

你加油有什么用？

想到这里，我的心情更加郁闷了，流云则还絮絮叨叨地跟我说到时候怎么跑节省力气，跑完以后不能马上停下来休息，还要走动一会儿才行。

最后，她说："离运动会还有几天，我陪你一起练长跑啊。"

谁要你假好心啊！我拼命地压抑住自己，不把这句话吼出来。

过了一会儿，我才怏怏不乐地回答她："不用了，有那时间，我还不如多看点书，考出好成绩。"

她这才意识到我的不快，讪讪地回了一句："哦。"

有时候我也很讨厌自己，明明最不喜欢流云则这样没心没肺，总是不经意就刺伤别人自己却完全没意识到的人，我却跟她做了两年的朋友。还被所有人形容，我们俩是一朵双生花，是形影不离的好闺密。

这真是个一点儿都不好笑的笑话。

运动会那天的阳光非常明亮，明亮到我一抬眼就觉得眼睛刺痛得受不了。

3000米预赛、决赛是一起的，被安排在下午的4点钟开始。

那会儿阳光依旧炙热，杀伤力却没有中午那么大。流云则帮我领了号码牌，用别针把号码牌帮我别在篮球背心的后背上。

学校的广播站一遍又一遍地播放着激昂的进行曲，我们所有参赛的人排成一排站在起跑线上。

枪声一响，我们就飞快地跑了出去。

真的超讨厌运动。胸腔里的空气似乎要被挤出来一样，耳朵嗡嗡作响。也不知道是第几圈，跑过拐角的时候，我听到流云则大声地喊："梅颖！加油！梅颖！坚持住！"

我一点儿都不感激她，只觉得她真的很烦，但我还是回头笑了笑。

但下一刻，脚下不知道怎么回事一个趔趄，我感觉到身体往前飞起来，然后重重地跌在地上，这只是一瞬间的事情。疼痛陡然蔓延开来，心口好似被重重砸了一拳，呼吸不过来的我还有些懵懵懂懂。

下一秒，我就忍不住尖叫起来："痛死我了！"

眼泪完全不受控制地哗哗地流下来。

很多人围上来。

流云则和体育课代表将我扶起来，剧烈运动之后不能直接休息，一定要走一段路。

可是我那么痛，为什么非要坚持让我走？

要不是听到流云则的声音，要不是回头对她笑，我怎么会这样？

到了医务室之后，校医拿了碘酒帮我清理伤口。我不停地倒抽冷气，却缓解不了疼痛。

校医说："不清理，脏东西留在里面，发炎就不得了了。一会儿还得打一针破伤风。怎么这么不小心啊？"

我只是讪笑，心思却完全跑远了。

她们带我来医务室时，校医不在。流云则陪着我，体育课代表去叫校医来。在校医来之前，顾原不知道从哪里知道了消息，跑了过来。

他看到我们的第一句话是："阿则，你没事吧？"

流云则明显很尴尬，又有些说不出的冷漠："没事，受伤的是我同学。"

顾原似乎这才注意到我，有些不太好意思地笑了笑："对不起。我听说阿则来医务室了，有点儿担心，不知道是你受伤了。"

我应该难过的，却满心沉浸在他跟我说话的喜悦里，慌乱地摇头："没……没关系。我的伤一点儿都不严重。"

顾原松了一口气，环顾了一下医务室，问："校医不在？"

我说："嗯。我们体育课代表去找她了。"

顾原"哦"了一声，忽然说："渴了吧？要喝什么？可乐还是冰糖雪梨？"

我心里一喜，正要说我要喝可乐。我知道，顾原很喜欢喝可乐，但我没来得及说出口，就听到流云则说："不用了，谢谢你。"

顾原似乎很无奈："阿则，我知道你生气，但是，不要拒绝我好吗？"

我吃了一惊，看看顾原，又看看流云则。

流云则的脸都红透了。

我知道那不是害羞，而是窘迫、尴尬。

"梅颖，不好意思，你等我一下。"

说完，她对顾原说："走吧，我们去别的地方说。"

顾原朝我笑了笑，跟着流云则走了。

我连忙回了个笑，朝他们挥手："嗯，去吧。"

看着他们的背影渐渐消失，我低下头，发现自己的手指在微微颤抖，心里一片冰凉。

他皱一下眉头，我都恨不得苦恼的是自己，她却如此冷漠地对他。

她怎么可以！

流云则回来后，我装作不经意地调笑着问："你跟顾原吵架了？我看你们好像……"

不同以往的躲避，流云则跟我坦白："嗯。大家都说我跟他是一对，但实际上我们不是一对。我觉得很困扰，所以跟他说明白了，让他不要再这样让别人误会了。"

流云则送我回了宿舍，叮嘱我伤口不要碰水后就离开了。

我呆呆地坐在床上，看着窗外那渐渐暗沉的天空，不知不觉地握紧了双手。

什么误会，都是借口！借口！

【1】

是又羞又喜又忐忑的感觉——被传绯闻的时候。

这其中，羞是虽然学生时代的绯闻百分之八十都是谣传，但起因大多都是因为绯闻的双方在某种程度上，确实与其他的人有不同的亲密关系。而正是谣传演变得愈来愈烈，到最后，有很大的可能性，就是弄假成真。

尤其是，绯闻里所说的男生，在大众的眼里，是优秀、英俊、温柔等的代名词，就越发不可思议起来。

每天遇见时的一声"嗨"和分别时的那一声"拜拜"，都有了不可撼动的特殊意义。而我跟顾原之间，还多了一项专属——我是他唯一一个邀请去为他的篮球赛加油的女生。

而忐忑，却是因为在乎他的感觉。喜欢这个人，怎么都不够。幸好自己不是一厢情愿，这个世界上最幸福的事情莫过于，你喜欢他的时候，他也喜欢着你。

但如果这一切，都是自己搞错了，会错意了呢？

篮球队不欢而散的第二天，顾原特意找到我，就是为了道歉。

"昨天我心情实在是不好，要不是文钦提起来，我都不知道忽略你了，真的很抱歉。"

这句道歉，不管怎么理解，都有什么地方不对吧？

我几乎是下意识地反问："那你觉得呢？"

顾原有些不解："我觉得什么？"

我问不出口，却猛然意识到一件事情，那就是，我跟顾原实际上是没有任何关系的。几乎所有人都在说我们是一对，但我们真的是一对吗？

顾原从来没有对我说过喜欢我，也没有明确地问过我愿不愿意跟他交往。他只是在大家笑着调侃我们是一对时，从来都是微笑，从来都不反驳罢了。

那，顾原真的喜欢我吗？

我一厢情愿地认定他是喜欢我的，可是，他一直把我当外人，不是吗？

看着顾原满是温柔歉意的脸，我心里一沉，手心一瞬间沁满了凉凉的汗。

下午的课，我心不在焉，慌慌张张的，感觉脚踩不到实地，好不容易下定了决心，熬到放学，急急忙忙地跑到顾原所在的班级，却得到顾原提前离开了的消息。

下午是很重要的数学课，顾原居然请假，肯定是有很重要的原因吧？

我有些担心他。

深呼吸了好几次，我才拨出了顾原的手机号码。响了好一会儿，才有人接，却不是顾原的声音，我凝神，发现是宣琴的声音。

她有礼貌地说："不好意思，顾原去洗手间了，你是哪位？有什么事？"

你是哪位……

我来不及细细辨别自己听到这句话时的心情，只觉得脑子好像"嗡"地响了一声。手机一般都有来电显示，顾原难道没有存我的手机号码吗？

接下来的话就像是堵在了喉咙口，我一个字都说不出来。

深呼吸了好几次，最终我只能颤抖着手挂了电话。

回家的时候，我遇到了夏池西的妈妈。

她刚从超市回来，我帮她拎着袋子一起走回去。

"阿则，好久都没有看见你啦，最近忙什么呢？"阿姨问道。

"三年级了嘛，学业比较重。"我随口回答。

"怪不得脸色那么难看，是没有休息好吗？还是月考成绩不理想，怕回家被你妈妈骂？"

都不是。

可我不能说实话，时至今日都是我咎由自取，我虚荣，贪慕学校男神跟我传绯闻被大家关注的眼神，现在我知道，对方其实连我的手机号码都不愿存。

"成绩不是一蹴而就的，与其烦恼得吃不好睡不着，不如想开一点儿，从哪儿跌倒就从哪儿爬起来。"阿姨看我不说话，以为是我默认了，于是语重心长地说道。

"嗯，我知道，谢谢阿姨关心。"

阿姨微笑，似乎带着怀念说："每个人都有年少的时候，觉得自己的烦恼大过天，实际上等你长大了，再回头看，却发现那只是一些无关紧要的小事情。你看，阿则，你还记得你两年前的时候会为什么事情烦恼吗？"

两年前？

"好像跟现在差不多吧。"我抓了抓头发，"看样子我这么多年一点儿长进都没有啊。"说着，我自己都忍不住笑了。

"所以说啊，你现在也还小啊，有些青春期的烦恼是正常的。"阿姨把左手的袋子换到右手，"小西也长大了呢，突然就跟我说不想参加学校无聊的课外学习小组夏令营了，非要去打篮球。我骂了他一顿，说有些时候特立独行是受人推崇的，但大多数时候，特立独行只会被大家孤立。而且做事应该有始有终，既然已经报名参加课外学习小组夏令营，就不该半途而废。"

我心虚极了，说起来正是我怂恿夏池西的。

"那弟弟怎么说呢？"我问。

"他说我不懂，不用管他。他已经是个大人了，爸爸都说他可以自己对自己的事情负责，自己的事情自己做决定了。"说着，阿姨笑起来，"什么已经长大了啊，明明还小。"

我干笑。

"尽管在学校好像是风云人物一样，总是拿奖状回来，但是来往的同学很少，几乎没什么朋友的样子。倒是不少女孩子打电话来家里找他，但每次他都冷冰冰地回几句就直接把电话挂了。"阿姨又说。

"弟弟从小就讨女孩子喜欢。"我讪讪地笑了笑，说道。

"也不知道他是不是恋爱了，总觉得好像突然之间就不认识自己的儿子了，这感觉可真糟糕。"阿姨感叹着。

刚好快到我家了，妈妈拎着包匆匆忙忙地下楼来，听到了，就停下来说："我家阿则也是这样的，还经常玩到很晚才回来。说她两句，就十分不耐烦，说我不懂，怎么管那么多，她已经是个大人了，会对自己负责的，也不知道从哪里学来的话。"

她们俩聊起来就没完没了的。

我耸耸肩，留她们闲聊，先把袋子送到楼上，就回自己家了。

打开门，爸爸还没有下班，屋子里一片寂静。

我反手把门锁上了，"咔哒"一声，仿佛敲在了我心上，痛得很。

【2】

人最软弱的地方，是舍不得，舍不得一段不再精彩的感情，舍不得一份从未抓住的虚荣。

我有些难以接受顾原竟然是如此对待自己的，却没有办法在短时间内收回对这个人的喜欢。

所以，后来顾原来找我的时候，我踌躇一会儿，最后还是答应了。

一场秋雨一场凉，不知不觉间，城市就换上了秋装。

我等在公交车站牌下，车一直没有来，雨渐渐地下得有点儿大了。冒雨跑回学校的夏池西撑着伞而来，因为雨很大，他的肩膀和头发都湿了。他把伞递过来，甩了甩头发。我让他稍微低一点儿身体，掏出纸巾擦他肩膀上的水渍。

"你怎么一个人？他们呢？"夏池西问。

他问的是顾原他们一行人。

我回想起之前的一幕——这场雨来得实在突然，大家都匆匆地躲到小区楼下，冀望着雨停，却没想到雨越下越大。

没一会儿，宣琴打了好几个喷嚏。她穿着一条白色的雪纺长裙，细碎的短发鬓边别了一个精致的花朵形状的发夹。第一眼看到我吃了一惊，她一向是帅气的，没想到她稍微打扮一下，就如此女孩子气，漂亮极了。

顾原责怪了她一句："你怎么穿那么少啊？"

宣琴瞪了他一眼："你管我，我爱怎么穿怎么穿。"

"感冒了怎么办？"

"还能怎么办？凉拌呗！"宣琴不在乎地说道。

顾原不说话了，沉着脸，看起来很不悦。

宣琴又打了两个喷嚏。

顾原突然说："不等了，我先回去拿伞，一会儿给你们送过来。"

文钦说："我跟你一起去，我们这么多人，你一个人拿那么多伞也不方便。"

其他人七嘴八舌地说："算了，今天也没法玩了，我们打车回家算了。万一雨下很久，回家晚了又得挨骂。"

顾原看向我："阿则，你怎么办？"

话都说到这个地步了，我能怎么办？父母给我的零花钱很少，大部分我都拿去买书了，身上就只剩十几块钱，打车回去对我来说太不现实了。

"我打车回去。"最后，我说。

顾原朝我点了点头，然后对宣琴说："你最好站在这里不要动，等我拿伞回来接你。"

"你烦不烦啊。"宣琴不耐烦地说，"我也可以冒雨回去！"

"你也不看看你穿的什么！"顾原提高了声音。

宣琴看了看自己身上的雪纺连衣裙，估计是想到了淋湿后的景象，快快地说："好吧。"

我总感觉好像哪里有什么不对，但宣琴和顾原是青梅竹马，感情特别要好也很正常吧，我跟夏池西也从来都不客气。

想到这里，我给夏池西打了个电话："喂。"

才开口说了一句话，夏池西一连串的问话便打断了我："你又在博雅学院这边看顾原他们打篮球吧？雨下得这么大，你现在人在哪里？我去找你啊。"

"你找我干吗？"

"还能干吗？送伞给你啊，我怕你被淋成落汤鸡，到时候感冒。"夏池西理所当然地说道。

当顾原拿着伞，踩着雨走过来，看到还留在原地的我时，问："没有打到车吗？"

我摇了摇头："不是啦，我弟弟要来接我。"

"哦。那你早点儿回家。"顾原说完这句话，与宣琴一起撑着伞走远了。

看着他们离开的背影，奇怪的感觉又浮上我的心头。

"你也太奇怪了吧，干吗在公交车站牌下躲雨？就那么一点遮雨棚，完全遮不住……"夏池西数落道。

其实一开始不在公交车站，只是，大家都走了，留下我一个人在小区那边，总感觉怪可怜的。而且顾原和宣琴相携离去的背影让我心里仿佛有根刺梗着，很不舒服。

为了不让自己胡思乱想，我才会冒雨跑过来，企图让大雨浇醒自己。

这些心事，我是没法跟夏池西说的。

"其他人走了也就算了，你男朋友呢？他就这么放着你不管啊？"

我完全答不上来："我没有男朋友啦。"

"不是男朋友，那干吗老叫你出来玩不说，吃饭的时候又对你那么殷勤照顾？姐姐，不是我说你，喜欢就是喜欢，不喜欢就是不喜欢，玩暧昧很恶心呢。"夏池西不赞同地说道。

一瞬间，我就好像被冰冷的水浇过一样，浑身冰凉，脑子却清醒无比。好半天我才缓过来，捶了他一拳："哎哟，不错哦，长大了，知道教训你姐姐了。"

夏池西皱着眉看着我，还想说什么。

这时，我一直等待的公交车来了，我连忙说："车来了，我要回去了。你也赶紧回去吧，先换了衣服，洗个热水澡啊，不要以为自己是男孩子就不在意，小心感冒。"

夏池西白了我一眼。

我却仿佛逃难一般跳上了刚停下的公交车。

大概是因为下雨的缘故，车上只稀稀落落地坐了零星几个人。我走到车尾，坐了下来。风大雨急，街边落了不少残枝败叶，一片荒凉，犹如我那被夏池西的话轰炸了一遍的内心。

接下来的日子，顾原也常来邀请我，每一次我都找好了借口。

过了两个星期，他似乎察觉到了什么，问我："你是不是在生我的气？"

其实躲闪解决不了问题，于是我很正式地给他发了一条短信，说明他的行为给我带来的困扰，希望他能稍微注意一下。

他从来没有说过喜欢我，也从来没有说过我们交往吧，所以在措辞的时候，我也尽量避免这些，只说"朋友"。

但顾原不知道怎么回事，收到短信后，居然没有如我所想的那般跟我保持距离，反而更加殷勤地找我了，每次都是一副"尽管不知道哪里让你生气了，但你说出来我就会改"的架势。

我完全不理解他，他这样做，有什么意义呢？

他却似乎乐此不疲。

渐渐地，班上许多女生都为他说话，梅颖更是三番五次地问我到底发生了什么事情，让我不要端着，人家都已经好好道歉了。

我只是苦笑。

【3】

十月的最后两天，是秋高气爽的好天气，学校决定举行运动会。

我报名参加跳远的项目，但班主任老师找到我，希望我不要参加比赛，而是帮助宣传委员写新闻宣传稿子。写新闻稿是脑力活，而且要一直待在我们班在运动场上设置的据点处，也不是个轻松活。我其实是想拒绝的，但班主任殷切地看着我，我只好答应了。

这一天，顾原依旧跑来，可怜兮兮地请求原谅。

看着眼前依旧好看的脸，依旧温柔的眼，我吐出了堵在胸口的闷气，坦白道："我们俩并没有在一起，不是吗？"

顾原怔住了。

"你表现出我们是一对的样子，但实际上我们是一对吗？不是的，你自己也清楚，我们只是认识而已。"我甚至没有提到"朋友"一词。

如果还是朋友，他何必惺惺作态？让所有人都看在眼里，像是故意在做戏。

"你到底想怎样？"最后，我看着他的眼睛问。

他居然没有一丝慌乱："大家都说我们是一对，我们怎么是一对了？"

我气得肝疼，说了一句蠢话："既然这样，那现在，你敢不敢吻我一下？"

顾原哑然。

我转身就走，只觉得自己分明是个傻瓜。

但事情并没有到此为止。

运动会结束后，星期一，我一走进教室，教室里的喧闹声戛然而止，大家都默默地看着我。

我觉得很奇怪，先是上上下下打量了自己一番，衣服穿得很整齐，那他们在看什么？

直到在座位上坐下来，一抬头，看到黑板上的字，我一下子就愣住了，下一秒，火气从心底蹿了上来。

我冲上讲台，拿起黑板擦，想擦掉那些字，但是心中的怒火促使我拿着黑板擦用力地砸向讲台。

黑板上不知是谁用粉笔醒目地写着"流云则，不要脸，勾引男生求亲吻"，大大的字填满了整块黑板，特别刺眼。

难怪，大家会那样看着我。

原来，全世界都在嘲笑我。

昨天，我说那样的话时，分明就只有我跟顾原两个人在一起。也许只是我认为只有我们两个人吧。

黑板擦砸在讲台上发出巨响，我一一扫过底下的人，在座的人，全都是我的同学，有我关系很好的朋友，却没有一个人愿意帮我把这些字擦掉。

所有人只想看我笑话，想看我出丑。

所有人都觉得我好欺负，都要欺负我。

但我不会如他们的意。

我没有擦掉黑板上的字，而是掏出手机，把黑板上的字拍了下来，之后走出了教室，冲到了老师办公室。

我没有做错事，凭什么要被人欺负？

班主任杨老师看到我，吃了一惊："流同学，你有什么事吗？"

我把手机上的图片给她看："我不知道是谁针对我，把这些写在黑板上污蔑我，但是——"

委屈抑制不住，我的眼泪刷地一下就流下来了。我是真的很生气，也很难过。

杨老师安慰我："先不要哭，先不要哭，你把事情说清楚。"

"这还不清楚吗？我早上一进教室就看到黑板上写着这些话，我，我……我是来学校学习的，不是来被人欺负的！"

"这是写在哪儿的？"杨老师接过我的手机，看了看，问道。

"就我们班教室的黑板上。您现在去看，说不定还有。"

"好，我跟你去看。要上早自习了，光想这些事情，不想读书，现在的学生是怎么了……"杨老师边起身，边絮絮叨叨地说。

我也想问，现在的学生是怎么了？

回到教室里，那些刺眼的字还没有被擦掉。

杨老师的脸一下子沉了下来："谁？是谁在我们班黑板上写这些话的？你们才几岁？来学校是让你们来读书的，不好好读书，耍这些心机，怎么不干脆退学算了？也不要拉低我们班的升学率！"杨老师的话掷地有声，"要是谁还这么干，也不要领处分了，我会直接给家长打电话建议退学！"

最后，我朝杨老师鞠了一躬，才回到座位上。

杨老师一转身，教室里爆发出了巨大的喧闹声。

梅颖递给我一张字条，上面写着："你好酷哦，居然把老师叫来了。"

我心里很不舒服，她这句话是什么意思？但我只是反问了一句："我们不是朋友吗，你比我早进教室，为什么不把黑板上的字擦掉，是想看我出丑吗？"

梅颖没有回话。

我也不理会，看着身边议论的人，我觉得他们全都面目可憎。

他们越是要看我笑话，我越是不会让他们得逞。

但我没有想到，这件事只是开始而已。

中午去食堂吃饭，我在排队，突然有个女生冲过来，对准我吐了一口唾沫，大骂道："不要脸！告状精！"

我猝不及防，那口唾沫吐到了我脸上。我下意识地伸手一摸，心中涌起一股恶心感。我又惊又怒，想也不想，扬起手就给了她一巴掌："你吐谁唾沫？谁不要脸？"

那个女生"嗷"地叫了一声，扑上来揪住了我的头发。

哼，我还就怕她不还手，不把事情闹大，不然所有人都以为我流云则好欺负，人人都要踩我一脚。

最后，这件事以老师匆匆赶来把我们分开为结局。

在教导主任办公室，我跟那个女生的班主任都在。我这才知道，那个女生叫姜艺媛，是C班的，恰好是顾原他们班的。

教导主任问我发生了什么事情，我抢先把事情经过说了："我好好地在排队，她突然冲上来朝我的脸吐了一口唾沫，还骂我'不要脸，告状精'。所以，我就甩了她一个耳光，问她骂谁。然后，我们就打起来了。"

姜艺媛不发一言。

她脸上顶着红红的印子，一头长发乱七八糟。

当然我也很狼狈，她的指甲很长，我脸上挨了两下，火辣辣地痛。

教导主任吃了一惊，随后叹了一口气："唉，她骂你是不对，但你也不能打人啊。"

"那我朝她吐唾沫就可以了？"我面对教导主任，这样问。

"不管怎样，打人就是不对。"教导主任说道。

"那她无缘无故朝我吐唾沫，大庭广众之下大骂我'不要脸，告状精'，她就做得对了？"

"大家都是同学，好好相处不行吗？"教导主任显然头都大了。

但我不会就此干休："我没有错，我也不会让人甩了一耳光，还把另外一边脸送过去。"

"唉，流同学，你这种想法就不对了，得饶人处且饶人啊。"

"那你怎么不问问这位姜艺媛同学，我都不认识她，她怎么就能对一个陌生人如此不依不饶呢？"

教导主任不再说我，转向姜艺媛："姜艺媛同学，你为什么无缘无故地对流云则同学这样呢？"

一直低着头不说话的姜艺媛抬起头来，说："流云则早恋。"

班主任杨老师吃了一惊："流云则，你早恋？"

我在心里呵呵笑了一声，昂首挺胸地说道："我没有早恋。姜艺媛，说话是要讲证据的，你说我早恋，我跟谁早恋了？要不要把那个人叫过来当面对质？就算我早恋了，我早恋的那个人难不成是你的男朋友？我是抢了你男朋友，才让你对我有这么大仇恨吗？"

姜艺媛像是锯了嘴的葫芦一样，再也不吭声了。

【4】

我却故意表现得好像是骤然想起来一样，说："哦，对，大家都在传我跟C班的顾原是一对，你不会是因为顾原才这么做的吧？"

姜艺媛猛地抬头，怨恨地盯着我，矢口否认："没有。"

"我可以向老师保证，我跟顾原只是普通朋友，没有其他任何关系。"我就差举手发誓了。

因为姜艺媛后来一个字都不肯说了，最终这件事的处理结果就是：口头给了我和她一个警告。

出办公室后，姜艺媛恶狠狠地对我说："流云则，我不会放过你的。"

好像这是有人第二次对我说这句话。

我到底做了什么天怒人怨的事，让她们这么恨我？

这件事的影响，就是班上所有人都不跟我讲话了，我直接被孤立了，但我不在乎。后来还有人把垃圾往我课桌里塞、把我的课本丢到垃圾桶里，我直接跟杨老师报告。虽然并没有抓到是谁这么对我，但明显在那之后，这些人收敛了不少。

而比起回应这些人的憎、怒、怨，我有更重要的事情要做。

从这之后，我就稳稳占据了全校的第一名。很快，升学考试到来了。而在这之前，宣琴忽然来我们学校找我。

"你怎么不来参加我们的活动啦？"她问话的时候，脸上是带着笑的。

我无意跟她多做纠缠："你也说了，是你们的活动，我一个外人去掺和什么？"

宣琴歉然道："对不起，我说错话了，你原谅我啊。"

"没关系。"我说。

她又说："你不在，顾原变得好焦躁啊，你们……是不是发生什么事情了？"

我看了她一眼："不如你去问你的顾原，我在学校里发生了什么事情？"

我被人欺负的事，在这所学校已经众所周知，我没有藏着掖着，发生任何事，我都会报告老师，也曾经闹大过，但是顾原对此的回应呢？

他表现得这些事情跟他一点关系都没有，也表现得跟我完全不认识。

而文钦来找过我，支支吾吾却一个字也没说，只在事后发了条短信："对不起。你加油。"

113

而现在，宣琴来问我，我跟他发生了什么事情，她以什么身份什么立场来问我？

宣琴一脸愧疚："我从文钦那儿听说了你的事情，这些事情，跟顾原没有关系的，你不要因为这些事情生他的气。他也是……他被他爸妈骂了，还被禁止找你，所以我才……"

我一个字都不信。

她清楚我在学校过的是什么日子，却有脸来说，这一切跟顾原没有任何关系。她跟他是青梅竹马，当然为他讲话，但她有没有想过，我和她也是朋友？

不，也许只有我一个人一厢情愿地把他们当朋友，是我傻。

他们跟我没有任何关系。

我冷着脸说："要是没有别的事情，我要回教室了，我很忙。"

宣琴不知所措地看着我。

我直接转身就走。

考试结束后，我拿到了直升校本部的保送书，与其他十九位同学一样，直接开始新的课程。

我喜欢我们学校，尽管我现在的生活水深火热，但不影响我喜欢它。

我喜欢校长挺直胸膛，大声地说："要做一个问心无愧、顶天立地的我们学校的人。"

我喜欢管食堂的教导主任，每次想吃什么，在食堂的意见簿上写下来，过不了多久食堂就会出现那道食物。

如果不是发生后来那件事，我想最终我会作为我们学校的骄傲考上我想要上的那所大学。

升学考试结束后，按照惯例，学校组织毕业旅行。

目的地是郊区一个叫两湾镇的地方。按照百度说的，此地风景优美，更有某某诗人路过题诗，还有某某海外归乡后办的特色农家乐。我们去的地方，就是这样一家农家乐。

按照班级，每个班一辆大巴。到了地方，班主任老师开始按照分组发放房间钥匙。这个组是在学校的时候就已经分好了的，本来没有人愿意跟我一组，我也无所谓，一个人住还逍遥自在。但班主任老师强调了学校纪律，把我和刘琦、梅颖、戚薇安排在了一个房间。

到了地方，她们自顾自地聊着天。

坐了一天的车，我浑身难受，看要六点钟才集合吃晚饭，所以就先拿着睡衣进浴室洗澡。

水从花洒里冲了下来，"哗啦啦"的声音遮盖住了外面的谈笑风生。

洗好了，穿衣的时候，衣服不小心掉在了地上，最后我只得用农家乐里准备的浴巾围住上半身，穿着裤子走了出来。这次毕业旅行的时间是三天两夜，我带了一套衣服和一条连衣裙，现在衣服被弄湿了，我只能打开背包，拿那条连衣裙来穿。

我没想到，我才踏出浴室，就直接对上了一个男生的视线。

当即我就惊叫了起来。

下一刻，门突然被撞开了，带队的三个女老师带着一群人走进来。场面一下子就乱成一团，很快就真相大白。

我第一次意识到，原来，爱才是最佳的杀人利器。

跟我同住的三个女生，她们都是顾原的粉丝。因为我甩了她们的男神顾原，害得顾原黯然神伤也就算了，还非要把事情捅到学校，进而对我不满，一直在偷偷地报复我。

但那些小动作没有给我带来伤害，她们反倒屡次被老师当众警告。

今天，上天开了眼，让她们跟我住在了一块。

本来她们是商量着要怎么报复我的，恰好刘琦的邻居张晓晔打来电话，说她的东西落在他那里了。当即，梅颖就给她出了主意，让张晓晔偷偷来女生宿舍这边。用的理由是，坐车太累，不想下楼跑一趟。张晓晔耳根子软，听刘琦说了两句就被说动了，真的大着胆子偷偷摸摸地溜进来了。

而刘琦她们几个人，挂了电话后，故意把门打开，人却走开了。

这样，屋子里只剩下在浴室里的我。而等我洗澡出来，看到屋里居然有男生，肯定会吓得大叫，她们也就可以跟其他人一起看我出丑了。

我想，她们也没有想到，张晓晔过来的时候，被其他女生看到了，还叫来了老师吧？

【5】

于是，我的毕业旅行就在大家议论我披着浴巾的样子、嘲笑我的身材中

116

结束了。

随后，我以全市第一名的成绩，答应了市内另一所名校的邀请，而没有直升原来的学校。

在毕业典礼上，我作为代表站在讲台上发表致辞："我谢谢学校严谨认真的教学理念，我谢谢学校领导、老师教我要做一个正直的人，我更加感谢我的同班同学、我的校友们，是你们给我上了深刻的一课，让我知道这个世界的丑陋和黑暗。我希望在接下来的人生中，诸位能够走得一帆风顺，一往无前，永不后悔。"

我朝老师的坐席方向深深地鞠了一躬。

"谢谢学校，谢谢领导，谢谢老师。我爱我们学校，我以我是学校的一员而自豪。"

我的毕业典礼，我的家人和夏池西都去了。夏池西不清楚我在学校发生的事情，我不愿意直升本校这件事的原因，只有我爸妈知道。

我下台之后，妈妈瞪了我一眼，才问我："你这样说，老师没有意见吗？"

我才不管，他们有意见，我也说完了。

夏池西把我讲话的这一幕用手机录了下来，但过了几天才发给我，附上疑问："姐姐，你既然那么爱你们学校，为什么最后却去了别的学校呢？"

我笑了笑，回答他："你还小，不懂大人诡秘的心思。"

夏池西不屑地嘀咕了一声，然后邀请我："我们学校有篮球比赛，你来不来看？"

"好啊，怎么不好？我弟弟肯定是最帅的那一个。"

再走进博雅学院，看着已经变得有些陌生的景物，我心里有许多感慨。谁能想到，在短短的时间内，我的世界就发生了翻天覆地的变化，我不再无忧无虑，这就是成长吧。

我向路过的同学询问篮球比赛的地方，对方给我指了体育馆的方向。

还没走到体育馆，我就看到了文钦高大的身影。他虽然被丛丛枝叶遮盖住，却因为醒目而突出的身高，让我一眼就将他认出。

想起在我水深火热的时候，文钦给我的鼓励，我悄悄地走过去，想要跟他打招呼，顺便吓他一跳。

才走近，我就听到了另外一个人的声音。

"你管那么多做什么？"这个声音很熟悉，尽管文钦将对方遮住了，但我还是听出来了，是顾原。

"你自己做的蠢事，没有人提醒你、骂你一顿，我怕你越走越偏！早先你拉着流云则当挡箭牌，在宣琴面前表现出你和她是一对，我就很不满意了。你喜欢谁，除了宣琴，谁都看得出来。但流云则很好，我们以为你至少对流云则是真的喜欢的。但实际上呢？你扪心自问，你到底有几分真心？流云则在毕业典礼上的演讲，我看了，她被你害成这样，你就没有一点儿愧疚吗？"文钦越说越激动，"你喜欢宣琴，我早就跟你发过誓，我不会喜欢她的，你又何必多此一举？"

顾原沉默了一会儿，才说："宣琴喜欢你，又有什么办法？"

"那你那么对流云则，就是没有办法之后的办法了？你当流云则是什么？"

顾原沉默不语。

文钦失望地说："顾原，你真让我失望。我只是想让你去跟流云则道歉而已，说一句对不起，很难吗？"

顾原说："对不起。"

文钦冷笑了一下："不要跟我说对不起。"

顾原不发一言。

过了一会儿，文钦说："顾原，我不会再把你当兄弟了。你跟宣琴那点破事，也不要再牵扯到我。我会跟宣琴说你喜欢她，我也会跟宣琴说，我不会再当你和她是朋友。"

文钦转身，我来不及避开，直直地对上了。文钦错愕地看着我，我却看向他的身后。

"流云则，你什么时候来的？"

如果我的理解没有错的话，如果我的智商没有问题的话，这一切还真戏剧化。

顾原喜欢宣琴，宣琴喜欢文钦，文钦因为跟顾原是好兄弟所以表明不会喜欢宣琴，而顾原为了让文钦没有顾虑地跟宣琴在一起，故意跟我传绯闻。

"反正，该听到的都听到了。文钦，谢谢你帮我讲话。"也许是知道了真相，我居然意外地浑身轻松了，还笑着对文钦说，"谢谢你把我当朋友，证明我眼睛没全瞎。"

"是我对不起你。我们的事情，不该牵连你，你才是最无辜的。"文钦飞快地说完，踟蹰了一下，侧了侧身。

我脱口而出："不，我有事要走了。"

我不想见到顾原，我怕一见到他，自己就会口不择言。

说完这句话，我就飞快地跑了。

那一天，最后我没有去体育馆看夏池西的比赛，而是给他打了个电话，说："对不起啊，弟弟，我突然有事情要办，不能去了。作为赔罪，周末你想去哪儿玩，想买什么都可以哦。"

"怎么了？你是不是……'那个'来了？"夏池西担忧地问我。

这小子，真的很讨厌啊。被他这么一说，我什么伤感都抛到脑后了。

可能是我的沉默被夏池西当成是默认了吧，正处在变声期，不爱说话的他此刻却啰唆得很："现在都毕业了，就好好让阿姨带你去看看医生啊，时间总是乱七八糟的，你自己也不记，听说以后会很麻烦……"

我简直无语，他怎么能比我这个女孩子还要知道得多，但听着他关心的叮咛，我心里很温暖："好，我知道啦。比赛加油啊！"

"嗯嗯。"

挂了电话后，我坐上了回程的公交车。

上一次独自一个人坐在这辆车上，还是下大雨的那一次，当时我还觉得顾原对宣琴分外在乎，却不敢深想，而今天终于听到了真相。

发生了那么多事情，说不怨不恨顾原是不可能的，但现在的我觉得疲倦得很。

喜欢啊，爱啊，到底是什么呢？

第五章

青春从你说不是不喜欢我时结束了

——你听不到心碎的声音

YOU
ARE THE
FIRST ONE
IN THE WORLD

谁都知道，世界上有一种自然现象叫海市蜃楼。

目光能够达到，实际却宛如悬挂在遥远的天际的盛景。

即便你朝它伸出手，能摸到的也只是虚无。

就好像我们所处的这个世界，就好像我跟你的关系，看似很近，实际很

远。

你听不到心碎的声响

空气里没有一丝风，在这炙热炎夏里，暑气就好似一张巨大的网将流云

则重重包围，尽管商场里开着冷气，但流云则依旧觉得很热，白色的T恤后襟

整个儿贴在了背上，黏糊糊的，令她浑身难受。

明明热得快要窒息，她心里却凉飕飕的，几乎要发起抖来。

这种冰火两重天的煎熬，让她一时恍惚起来。

这一天的补习课刚刚结束，补习班就在隔壁高大时尚的大厦里面，下课

之后，同班的安若风说要来商场买个礼物，她从一楼的珠宝柜逛到二楼的

钱包柜，挑来挑去都不满意，非要拉着流云则问："阿则，你看这个怎么

样？"

流云则回答说："挺好的啊。"

如此两三次之后，安若风生气了，瞪着流云则说："不管我问什么你都说好，你到底有没有一点儿审美啊？"

流云则很无辜："我是觉得挺好的啊，你又不愿意告诉我是准备送给谁的礼物，我怎么知道什么样的才符合你心意啊？"

"你好烦哦。"安若风似真似假地抱怨。

"是，是，我好烦。"

流云则边随口答道，边左顾右盼。

只是一眼，尽管隔着两个柜台的距离，有着三百度的近视眼，她依旧认出了他们——

顾原和宣琴。

安若风又跟她说了什么，但她没有听清楚。看顾原和宣琴亲密的模样，想必顾原已经达成所愿跟宣琴在一起了吧。

流云则心里闷闷地痛，不是还喜欢，只是意难平。

安若风循着流云则的视线看过去，惊呼出声："啊，是顾原和宣琴。"说着，她就要朝他们走过去。

流云则一把拉住了她。

安若风奇怪地问："怎么了？"

"你认识他们？"流云则问。

"怎么不认识？他们是我小学同学啊，从小他们俩感情就特别好。"

流云则松开了手，看着安若风走过去笑着拍了拍宣琴的肩膀。她说了什么，宣琴抬头朝流云则这边看过来，脸色一下子变得很尴尬。

流云则并没有走过去，而是撇开了头，假装专心地看着货架上的钱包。

过了一会儿，安若风回来了，问："你怎么不过去跟他们打招呼啊？本来我还想说大家一起逛，但看你这态度，我也就算了。"

"谢谢你。"对上安若风吃惊的目光，流云则耸了耸肩，"我跟他们有仇。"

这下可捅了马蜂窝了，安若风礼物也不选了，追着流云则问，非要搞清楚流云则跟顾原和宣琴之间的爱恨情仇。

能说出口的伤害，就代表这件事已经过去了，但对流云则来说，那些伤害就好像发生在昨天一样，她无法原谅顾原，也不会原谅宣琴。

所以，面对安若风的反复追问，流云则只是缄默不言。

回到家，流云则居然接到了顾原打来的电话。

他说："对不起。"

她说不出话来。

过了一会儿，他又说："我不是不喜欢你，只是……"

她长久地说不出话来。

顾原似乎在电话那头叹了一口气，然后挂了电话。

听着忙音，流云则望向窗外。

黑色的天空从遥远的地方碾压过来，身边的一切似乎都被黑暗吞没了，流云则仰着头，看不到光。

【1】

这个暑假相比较而言还挺长的，在这个暑假，我忽然就找到了梦想。

我想做一个画手。

我要让我的作品刊登在全国各大报纸、杂志上。

我心目中的偶像是少女杂志的封面画手猫君，她的画精致得让我呼吸都暂停。

一下课我就趴在桌上画画，下午放学回来后，就抓紧时间做完功课，然后开始画画，一直画到深夜一两点。

妈妈对此很有看法，她严肃地要求我："我不管你要做什么，首先你要明白一件事情，你还是个学生，你首要的任务是学习。所以，成绩不能退步。只要成绩不退步，我就支持你。"

我很感谢妈妈的理解。

画画在其他亲戚的眼中，就是旁门左道。他们认为，只有考出好成绩，像那个谁家的孩子一样，小小年纪就考上了国外的学校，现在听说已经拿到了哈佛大学的通知书，那才叫出息。

大姑家今年上大三的堂姐薛明颖却跟我说："实际上，学历越高，他们的目光看得也越远。我念的F大学，也是全国知名的学校。刚去的时候，我很兴奋，我觉得能念这所学校，很值得自傲。但实际上，三年过去了，我发现，除了理论知识，我其他的什么也不会。我只是想告诉你，大学很多竞争不是只看成绩的。与其浪费时间在钩心斗角上，不如自己有一门技术。"

堂姐说完，又神秘兮兮地悄声说："马上就要大四实习了，学校安排的单位我是肯定不会留在那儿的，他们根本就不会安排实习生做任何实质性的工作，只让我们打杂。所以，我自己找了一家实习单位，不仅专业对口，而且兴趣对口。我有预感，这份工作将会属于我。"

我忘不了堂姐说这句话时，尽管音量很低，但她脸上自信的光芒遮也遮不住。

"但是你自己要考虑清楚，把兴趣变成工作，实际上会经过一个很痛苦的过程，因为兴趣和现实往往不太一样。"堂姐顿了顿，"你要做好心理准备。"

我做好了心理准备，却发现自己缺少时间，非常非常缺时间。

画画才入门的我，在暑假里画出来的作品，从一开始的惨不忍睹到显得稚嫩，就已经花去了我五分之四的精力。

在妈妈提出条件之前，我几乎是发疯地将所有时间、精力都投入到画画中。

而在妈妈提出条件之后，我发现自己需要更多更多的时间。

除此之外，还有一个烦恼。

我发现自己似乎对除了梦想之外的事情变得十分漠然。

上补习课，我最大的收获就是认识了安若风。她是个活泼可爱的姑娘，双鱼座，总有追不完的明星、喜欢不过来的男生。补习课结束后，因为我跟安若风不是一个学校的，分别的时候，她红着眼睛抱着我："好舍不得你哦。"

我拍拍她的背："没关系啦，我们可以发短信、聊QQ啊。"

"你好烦哦，人家正伤感呢，我们就这么分开了，你就一点儿都不难过吗？"安若风嗔道。

我几乎下意识地问自己这个问题，答案是否定的。

这似乎不是个好现象，我发现我好像无所谓朋友不朋友。

可是我有什么办法，当我把张家怡当朋友的时候，她一点儿都不把我放在心上；当我跟覃媛媛做朋友的时候，她只想着利用我；我以为我和梅颖是很好的朋友，可以称之为闺密，我们总是形影不离，可最后她又是怎么对待我的呢？

三年的友情，却比不上一个没有怎么说过话，仅仅只是暗恋着的少年。

分别后，安若风总是打电话约我出去玩，但大部分时候我更乐意跟夏池西在一起，夏池西却更乐意去参加篮球训练。

有一次，我打算去城南的老城区写生。我从来没有去过城南的老城区，印象里，大家对那里的评价是脏和乱。但那儿是我们市少有的老建筑保留得比较完整的区域。这在搞开发建设的如今是极为少见的。听说，是当地居民特别彪悍的缘故。

我对电话那头的夏池西说："星期天姐姐带你去玩吧。"

"啊，可是我要参加篮球训练啊。"他在那边犹犹豫豫地说。

"请假嘛！"我说。

"你怎么能用这种无所谓的口气带我走上歧途啊！"夏池西在电话那头

扬高声音说。

妈妈也在一旁说："做姐姐的一点儿姐姐的样子都没有。"

我一不小心就暴露了自己真实的意图："可是我想去老城区写生啊，一个人去不是很不安全吗？"

妈妈一点儿也不在乎："那就不去了呗。"

我还没说话，夏池西已经快速地说："好啊，那我陪你一起去。"

"还是弟弟好。谢啦，到时候我请你吃……嗯，我好像存了不少零花钱，到时候我们去吃火锅吧。"我翻了翻钱包，大方地说道。

"我想吃烤鱼。"夏池西毫不客气地说。

"也行，你说了算。"挂了电话，我喜滋滋的，有弟弟真好。

星期天，我敲他家的门叫他出来的时候，吓了一跳。我已经算在同龄人中比较高的了，一米六八，可这个家伙，比我还高了半个头。明明上次见他的时候，都没长这么高。

我有些不服气，非要勾住他的肩膀往下拉，嘟囔道："你怎么可以长这么高啊？"

他笑嘻嘻地说："因为你都不长个子了啊。"

真讨厌，踩到我痛脚了，明明从小到大，除了他小学考初中那一次我赢了他之外，就只剩下身高可以骄傲了。

我决定打击打击他："说实话，像你现在这样，手长脚长脖子长，瘦得一把骨头的样子，还真是难看极了。"

他委屈起来，说："就你们家鹿晗好看吧。"

鹿晗是我最近一直在临摹的EXO组合里的一个帅哥，我最近超喜欢他。

我又忍不住安慰他："嗯。但是别担心啊，再过一两年，你肯定跟小时候一样，迷倒万千女性。"

"流云则，我受够你了！"他怒道。

为了表明他的愤怒，他一把将我搁在他肩膀上的手推开。

我不由得扭过头偷笑。

【2】

我在画画的时候，百无聊赖的夏池西跟城西穿着校服的学生找了块空地，你来我往地打起了篮球。

我还是第一次看夏池西打篮球，就如他曾经说过的，他会很快超过顾原，就我现在看到的情况，他的确打得快比顾原还要好了。

我在一旁一边画画，一边看着夏池西带着篮球用假动作越过三个人的防守，突然生出一种预感——夏池西的未来无可限量。

我停下了已经绘制大半的建筑物，飞快地给夏池西画了一幅速写。

少年矫健的身影，凌空而起的动作，竟然是那样流畅华丽，隐隐蕴含着强大的威势。

画完之后，我一时间竟呆了。

我有些不敢相信，这个人居然是我的弟弟，那个从小就很骄傲的家伙。

那天夏池西玩得比我还开心。

去吃烤鱼的时候，他还大方地邀请新交的朋友一起去。不过那两个人远远地看了我一眼，你推我我推你地走掉了。

好像突然间，夏池西就以少年的模样再度走进了我的生活。

除了在学校之外，不知不觉，我们又开始黏在一起，形影不离。

这天，看完夏池西的篮球比赛，走在回家的路上，我突然想到篮球比赛中场休息时，我拿着矿泉水递过去，他朝我翻白眼，当时我的心思都在紧张激烈的比赛上，没有空斥责他，现在可不能放过他。

我揪住他的耳朵，问："干吗对我翻白眼？对我不满吗？"

车上人不少，我们站在后车门旁边，动作不小，引来不少奇怪的目光。

他抓住我的手腕，小声地叫道："你放开我！"

他手上一用力，我便痛得松开了手，本来只是开玩笑想要吓唬他一下，现在一下子来了火气，怒道："有力气了？还知道欺负姐姐了？"

"以后不许揪我的耳朵。"他严肃地说，"有话好好说，不准动手动脚。"

"为什么？我又没有用很大的力气。"

"超丢脸。我又不是小孩子。"

我呵呵笑了两声，斜眼看他，嘲笑道："你这还不是小孩子心态？"

他很不高兴地扭过头去。

"喂，都是你莫名其妙地朝我翻白眼，我才揪你耳朵的。"

"因为你太好笑了啊。"他说。

我瞪大了眼睛："我哪里好笑了？"

"一把年纪了，还挤在小妹妹中间，只是递矿泉水给我也就算了，你给钟柏他们递水，人家也不会看上你的。"他撇撇嘴说道。

我打了他一下："我还不是为了你，你看看你，篮球明明打得很好，却跟大家都配合不好，这是怎么回事？"

夏池西不说话了，一副闷闷不乐的样子。

我觑他一眼，小声地问："怎么了？在篮球社待得不愉快吗？"

夏池西摇摇头："也不是。不过大家的心思都不在打篮球上，学习成绩才是更重要的事情。我们又打不过体育特长生，拼命的话，就好像一个笑话一样。"

"可是你们班上的人都来为你们加油了呀！赢球的时候，大家一起笑，输球的时候大家一起哭，不也挺好的吗？"我说。

过了一会儿，夏池西仿佛释然了一样："也是。结果当然很重要，可更重要的是过程。"

看着夏池西怅然若失的样子，我心里也有些难受。

这大概就是成长中的烦恼吧，在这个时候，我们还是想着十全十美，没有遗憾，现实却直白粗暴地告诉我们，有所得必有所失，你必须做出选择才能前行。

我果断地选择了别的话题："弟弟，那么多女孩子对你献殷勤，你喜欢哪一个啊？"

"你好烦啊。"他说。

我拉长脸，然后又笑起来："笨蛋，你这态度，以后没有女朋友可怎么办啊？"

他耸耸肩，无所谓地说道："有姐姐就已经够烦了，再来个女朋友我可吃不消。"

讨厌的夏池西又总是出现在我家做功课，和我东拉西扯，跟我一样盘腿坐在客厅沙发前的地毯上，用43英寸超大屏幕的电视机玩游戏，然后让我输得体无完肤。

更多的时候，我在忙着练习绘画，他也不觉得无聊，悠然自得地占据我家的台式电脑上网或者是看书。

在我心目中，夏池西还是小时候的夏池西，至于不同，也就是长高了，声音变低沉了，心事也多了一些。

然而发生在寒假的一件事让我见识到了"别人眼中的夏池西"。

关于"别人眼中的夏池西"是我去博雅学院，偶尔会听到一些关于夏池西的议论。

让我疑惑不解的是，在他们口中，夏池西是一个傲慢的天才少年，在学校很出风头，却对其他人不屑一顾。

老实说，我知道的在博雅学院念书的夏池西分明是被其他人排挤的。

从我自身的经历得出的经验来说，不过是由爱生恨导致的结果，夏池西好像并不在意，我也就耸耸肩，当成自己没有听到过这些议论。

那一天是情人节，正好是正月十四。

正月十五是元宵节，学校放一天假。

我们班由班长带头，搞了一次集体活动。先是去教堂看人家做礼拜，之后再去KTV唱歌。在KTV，我居然遇到了夏池西。

文艺委员安笙是个十分爱闹的性子，一早就跟来参加KTV的女生们达成了共识——难得出来一趟，大家要穿得漂亮一点儿，最好化个妆，最后欢迎不会化妆的找她帮忙。

我就是属于不会化妆的那一类，因为给爸妈的借口是要去同学家住，因此穿出来的衣服都很普通。到了KTV之后，包厢里的暖气如我所想的很暖和，我便拎着装着薄裙的背包跟安笙还有其他三个女生一起去了洗手间，当时已经有一群小女生在里面闹翻天。

我和其他人交换了一个眼色，各自撇了撇嘴。

不知道这群小女生怎么想的，模样稚嫩得很，却穿着怪异成熟的衣服，还化了奇怪的烟熏妆，搭配起来真是让人无语。

她们自己却不觉得怪异，反倒觉得异样热烈性感。

我进了厕所隔间，把衣服换了，而这时她们的一段对话引起了我的注意。

【3】

"这唇彩容易脱色，要不你用我的这一管，你不是计划要吻到夏池西

133

吗？脱色了就不好了吧。"

"你傻啊。"

"对，你傻。她就是想要给夏池西打个记号啦。"

我一下子就拉开了厕所隔间的门，一眼就看到了被几个人起哄围在中心的那个女孩子。第一眼的印象就是，头发染得枯黄，眼袋很大，居然还敢打夏池西的主意，要脸不要脸啊。

我可不能让夏池西吃这种亏。

安笙才给我描了眼线，我看到那群人就要走出去了，就不愿意再继续化妆了。

安笙有些生气，推了我一把："你怎么那么没有团队精神啊？大家都化好了，到你这儿就那么难伺候了。"

团队精神哪里比得上维护我弟弟来得重要！

我跟在那群小女生身后，她们吵吵闹闹地朝前走着。

可能是因为她们人太多了，居然没有去包厢，而是来到大厅里，三三两两地散坐着。

我一眼就看到了在人群中懒洋洋地玩着装着骰子的黑色盒子的夏池西。

我有点儿吃惊。

这样懒洋洋，脸上却带着似笑非笑表情的夏池西我还是第一次见。

更让我吃惊的是，夏池西居然玩得十分熟练。不知道在什么时候，夏池西悄悄地显出了我不认识的许多面。

这个事实让我有些惆怅。过了好一会儿，我找了个不起眼的地方坐下来。那群人很快就笑闹成一团，输了的人就喝可乐，而刚刚染黄色头发的女孩也在。

突然，他们哄堂大笑，一起跺脚拍手。

然后人群分出一条道来，那个黄色头发的女孩高昂起头，走到夏池西面前，仰着脸嘟起嘴。

我冲动地一把拉住离我近的黄头发女孩，将她往后一扯。

她发出惊叫声，下一刻就咒骂出声："你是谁啊，搞什么啊？"

我拍了拍她的肩膀，朝她伸出手："你好，这位同学，我是夏池西的姐姐。请问你们在干什么？"

夏池西显然也吃了一惊，说："姐姐。"

我瞪了他一眼。

黄头发女孩有点儿退缩了。

我放过了她，朝夏池西扬扬下巴："你跟我来。"

到了角落里，他居然反过来教训我："姐姐，你到这里来做什么？还穿成这样，快回家吧。"

我沉下脸："先不管我的事情。你给我说说，你才几岁，念几年级，又是学校前十名，还是篮球社主力，现在你在这里做什么？你什么时候学会了玩骰子？你知不知道，你被人算计了？她是要拿你显摆的！"

夏池西的脸色也变得不好看起来："流云则！"

我双臂环胸，昂起下巴："怎么？你又要说你不是小孩子了？我拜托你，长点儿心眼！"

夏池西忍无可忍地说："你先管好你自己的事情再说。我现在像什么样，你不也一样吗？你干吗就知道教训我！"

我忍不住给了他一个栗暴："你还学会顶嘴了啊！"

夏池西不服气。

"行啊，你要么就回家去，不然我马上打电话告诉阿姨，你现在不在学校，在外面乱玩。"我威胁他。

"真受不了你，这又不是什么很严重的事情。"他翻了一个白眼说。

我的自尊心严重受挫，这家伙平时不是很把我当姐姐般尊重的吗？怎么今天这么不听话？

他看了我一眼，忽然问道："我是参加班级活动才来的，你又是为什么出现在这里？你不是要参加补习吗？不是还要练习绘画吗？"

"我也是参加班级活动。"

"班级活动干吗穿得这么怪？又不是夏天，穿这么薄的裙子做什么？"他的语气很不好。

我瞪着他。

他的口气忽然软了下来，说："唉，我怕了你了，我回去，但是你要跟我一起回家。"

我想了想，最后同意了他的条件。

很晚了，已经没有公交车了，我们只能走路回家。幸好这地方离我家也就十站地。

走在回家的路上，我突然想到我就这么走了，也没有打声招呼，还不知道其他人怎么想我呢，不由得马上掏出手机给安笙打了个电话。

可能她正在玩吧，铃声响了很久，也没人接听。

我又给她发了一条短信，还给班长发了一条短信，告诉他们，我遇到我弟弟了，要把犯错的弟弟逮回家，今天的活动不能坚持到最后了。

过了一会儿，班长的短信回了过来："啊，你走了啊。哦，好。"

很平淡无奇的一句话，可能我走了那么久，也没有谁发现。

这么一想，我的心情有点儿低落。

走在前面的夏池西回过头来，问："干吗？"

我挥手，有气无力地说："和你无关。"

他继续走他的路，过了一会儿，他又说："我们只是开玩笑而已，又不会当真。"

我叹气。

"干吗叹气？"他退了几步和我并肩走着，垂下视线看着我，问道。

"说不清楚，一方面觉得弟弟你长大了，一方面又认为你根本就是个小孩子，什么事也不懂。"我又叹了一口气，说道。

班长的那条短信勾起了我对原来学校最后一个学期的不好的记忆，那个时候，班上的同学就是完全视我于无物的。

现在想起来，我还有些难受。我明明是真实存在的，却被孤立得曾经有一段时间觉得自己好像蒸发成了空气。

幸好那个时候我找到了学习这条道，拼命地学习，把顾原从全校第一的宝座上赶了下来。

不管他们在现实生活中有多无视我，最后都不得不看着我走上主席台领奖，不得不在看成绩榜单的时候，看到的第一个名字是我。

今天在厕所隔间发生的事，我第一反应就是夏池西可不能像我一样，感受到那样的孤独。

但我没想到他会说他只是玩玩而已，又不是来真的。

他沉声笑着，声音沙哑，在寂静的夜里听着很诡异。

我打了他一下，说："别用你那公鸭破嗓子这么笑，有点儿吓人。"

他又笑。

最后他对我说："姐姐，你放心好了，我有分寸的。"

我生出了一种"小孩子长大了"的怅然感。

【4】

不知道从什么时候起，夏池西的课外生活全部被篮球占据了。

甚至在我参加高考的那几天，放假了的他都在参加高中篮球联赛。

考完试之后，我越发地努力绘画，这一年，我尝试着向杂志社投递稿件，尽管被退稿的消息很多，但也认识了一位可爱的编辑。她认真地指导我绘画，并告诉我："其实你可以开始尝试用数位板上色了，先在纸稿上画出线稿，扫描到电脑里，然后用电脑绘图软件进行上色。"

我早就知道用数位板画画这件事，只是我连在纸上都画得乏善可陈，又怎么拿电脑绘画呢？

　　她又详细地跟我讲解了数位板绘画的一些事情，我才明白，实际上用数位板绘画与在纸稿上绘画有异曲同工之妙。而不同的是，纸稿上色颜色不对，修改起来很麻烦，而用数位板画就没有这个烦恼了。

　　我去商场看了数位板，仔细数了数零花钱，却发现加上要买扫描仪，我的零花钱是不太够用的。

　　反正离通知书下来还有一段时间，而就算通知书下来了，要开学也还有两个月，于是我跟妈妈说我要打工挣点零花钱。她同意后，我就开始早出晚归寻找工作了。

　　最后，我找到了一个兼职的收银员工作，下午4点到晚上11点，一共8个小时。

　　第一天上班，夏池西就跑了过来，对我突然来打工表示了不满："我还在打比赛呢，你不来帮我加油也就算了，打工到晚上11点，你不怕啊？"

　　"我记得你准备去省城比赛了吧？"我抬起头，对他说道。

　　现在可是我上班的时间，收银台的那台收银机，我还不能熟练使用呢。

　　夏池西舔着雪糕点头："对。我们学校的女生还专门组织了一个啦啦队，要一起去省城帮我们加油。"

　　"那你加油哦。"

　　夏池西看着我，点点头说："要是拿到省前三，篮球队所有人高考都有加分。"

　　"我就要念大学了，你还有两年也要高考了……时间过得真快啊！"

　　这句话不知道触及了夏池西哪根神经，他目光暗了暗，把吃完剩下的雪糕棍子扔进了垃圾桶："你好好上班吧，我要回家啦。"

　　我瞪大眼睛："你不是说要陪我到下班吗？"

　　"你下班前我会来接你。你说得对，马上就要高考了，我应该把心思放在学习上，而不是整天想着打比赛。"

　　他这句话说出来，我就知道，应该是阿姨说了他什么。

　　在他打球赛的这段时间，练习基本上占据了他所有的课外时间。最终，夏池西他们的球队在我成绩出来之前就落败了。

　　我请他吃冷饮，以示安慰。

　　"你们的对手真的很强吗？"气氛一直很沉闷，我看到他闷闷不乐的，也不知道怎么安慰他，就这么问道。

　　"是省十八中。"

　　"省十八中很强吗？"

　　"是很强。"夏池西肯定地说，推开桌上吃了一大半的冰激凌，长手长脚的他缩在冷饮店里可爱的小巧藤椅里，说不出的逼仄。

　　他往后一仰，靠在椅背上，看着头顶上方的精致灯盏，忽然说："姐，把篮球当梦想，是不是很可笑啊？"

　　我认真地思索了一下，回答他："不可笑。你看我，学画画这么多年了，妈妈一直朝我泼冷水，说画画有什么用，只是浪费时间，我应该好好学习，天天向上。之前杂志社一直退稿，老实说，我也有快要坚持不下去的时候。梦想不能当饭吃，这几乎是所有人的想法。"

顿了顿，我告诉他："我也这么想，梦想不能当饭吃。可是人呢，总要有一样是可以坚持一辈子的事情。我选定了画画，就不改了。就算，最后我没有在画画上取得多大的成就，但是我坚持了这个梦想一辈子，听起来是不是很棒？"

夏池西若有所思地点了点头："对。"

我话锋一转，问他："你准备打一辈子的篮球赛吗？"

夏池西没有说话，而是快速地把冰激凌干掉，然后问我："我记得你的大学第一志愿是本省的学校，第二志愿是B市的学校对吗？"

我点点头："对啊。怎么突然说起这个来？"

"那你有把握是上第一志愿，还是第二志愿？"

我有些奇怪，但还是回答他："第一志愿呀，不然填在第一个做什么。第二志愿是我随便填的，因为看到它招生的科目不多，但是有几个专业每年的分数线不是特别高。"

出成绩后，妈妈先帮我查了一次分数，之后夏池西又坐在我旁边，陪着我又查了一次分数。跟我预估的差不了太多，但是今年我第一志愿的H大，分数线却比往年高了四十分。

最终，我被第二志愿的B市的矿业大学录取了。

很快通知书就寄到了我家。

一开始，我们一家人都看着我的通知书愁云满面。

录取我的专业是交通运输。

我压根没有想过，世界上居然还有"交通运输"这样一个专业。

打开电脑，用百度搜索"交通运输"专业，看着百度百科条目里的介绍，我有些傻眼。

过了几天，也不知道妈妈在外面打听到了什么，笑容满面地回来："这个专业好，以后毕业不愁找不到工作。就算找不到工作，你表姑姑也可以帮你把工作安排好！"

我好奇地问："什么工作？"

"高速公路上的收费员啊。"

【5】

B市。

我坐在超长的公交车上，透过窗户看着外面的景致。

车子拐过一个弯，行驶在宽阔的长街上。正值夕阳西下，深一层浅一层的光将遥远的天边晕染得令人怦然心动。

有一群鸽子扑扇着翅膀，飞起又很快降落。

我怀着对未来的怀疑和遗憾的心情来到B市，却在B市明丽的阳光和厚重的历史景色中活过来。

拿着画笔独坐一角时，我仿佛听见一股新生的力量在我身体里膨胀，甚至我还能听见它伸展开来的声音。

而在跟新的同学在B市这座城市玩耍时，我也好像看见了一个全新的自己。

灵感前所未有地爆发了，在短短的时间里，我画出来的画随意拿出一张来，都能收获不少惊叹声。

但这还远远不够。

我把画扫描了，发给对我谆谆教导的那位编辑。

她一连发来好几个感叹号，然后说："阿则，你现在画里的灵气扑面而来，你愿不愿意给我画小说插画？"

我既激动又喜悦，而来到B市某附属学校念高二的夏池西也特意请假跑来给我庆祝。

是的，夏池西没有继续在本市念高中，而是我来B市刚军训完后，他也来了B市。

第一天到B市，是妈妈和夏池西送我过来的。我们搭高铁，一路狂奔向北，经过8小时之后，到了B市。

下了火车之后，我们就上了矿业大学来接新生的大巴。

到了之后，夏池西拎上大包小包的行李，还不等接待的学长说话，就飞快地把行李拎进了学校。报了名之后，他就直接帮我把行李拿到了我的宿舍里。

之后，他又是帮我跑腿缴费，又是帮我排队领军训用的物品，还要去食堂办饭卡等，不一而足。

同宿舍的S市姑娘何燕吃惊地看着夏池西跑来跑去，悄声对我说："这是你男朋友吧？好厉害啊！"

我摇头："是我弟弟。"

"那他有没有女朋友啊？"何燕眼睛都亮了。

"你想什么呢？他可比我们都小。"

"现在姐弟恋才是潮流啊！"

我心生警惕："你别想多了啊，我弟弟还是要回家念书的。"

"这样啊。"何燕说不出的失望。

我顿时对新学校的新同学没有了什么期待，一个对着我弟弟犯花痴的新室友，想想就觉得是一场灾难。

待一切安置好之后，妈妈就坐当天晚上的高铁回去了。

夏池西说他从来没有来过B市，想留下来玩玩，明天晚上再坐高铁回去。

于是我带上夏池西，开始在B市闲逛。

地铁里、公交车上都挤满了人，而每到一个地方，我都会先惊呼然后失望。

在路边的店铺买了传说中的知名小吃，只吃了一口，我就完全忍受不下去了。

"我觉得吧，这个城市只能看看，不能深究。你看啊，外面看起来古色古香的，结果里面的摆设都是现代化的，感觉有点儿失望。而这些小吃，广告上说超级好吃，还有那么多人排队购买，结果味道超奇怪。"我抱怨道。

"但你不是很开心吗？问路的时候，分不清东南西北，人家也帮你解答了。"夏池西说。

我们走进了一条小巷子，不管从哪个方向看，都找不到出口的样子。

我走累了，蹲在地上，结果随意一瞥，就看到路边的绿化带下有好大一坨粪便，顿时恶心极了。

我连忙拉着夏池西跑开了，大声宣布："我还是不喜欢这座城市，感觉乱糟糟的。"

夏池西突然敲了一下我的头。

"干吗？"我怒道。

"行了，没什么好抱怨的。B市总体而言还是不错的。你不是挺喜欢的吗？"他说。

"我喜欢什么了？"

"还嘴硬。"

"喂，夏池西。"

"喂，流云则。"

"懒得和你说。"

"我也懒得和你说。"

懒得跟我说话的夏池西给我发短信："姐姐，我们去参观名校吧，全国最知名的那两所学校。"

唉，真拿他没办法。

这个家伙身高都超过一米八四了，怎么还这么幼稚呢？

我站在Q大附属学校体育馆里的篮球场旁。正值暑假，Q大附属学校略有些冷清，体育馆里却是一派火热的景象，篮球场上分明是Q大附属学校的篮球队在集训。

我拉了拉夏池西，感觉就这么走进来看人家集训不太好，我看到一旁的老师都看过来了。

但夏池西看到篮球就迈不动脚了。

啊，老师走过来了。

我正想拉着夏池西道歉然后离开，就听到老师叫道："夏池西！"

呃，夏池西什么时候认识了Q大附属学校的老师？

但夏池西也一脸茫然，跟我面面相觑。

"之前高中联赛的时候我不是向你自我介绍过吗？我是Q大附属学校篮球社的齐为民教练。"他笑容可掬，完全看不出一秒前凶神恶煞的样子。

"啊！你好。你……穿运动服的样子跟我之前的印象完全不同。"夏池西摸了一下后脑勺。

我忍不住拉了拉夏池西，你这样对老师讲话好吗？

齐为民教练却完全不在意的样子，呵呵笑开了。他对夏池西似乎很有兴趣，一直在不停地打听夏池西的事情。在知道夏池西特意来参观的时候，突然吹了声哨子喊了几个人过来。

他们一一自我介绍，个子最高的那个男生叫田泽，他打的是中锋。

站在他旁边皮肤白皙得好像玉石一样的男生话很少，简短地说："简单，后卫。"

中间抱着篮球的板寸男生，用篮球服擦了擦汗，说："黄道。大前锋。"

剩下的两个人，一个叫梁宇，一个叫邵华，在球队里的位置分别是小前锋和得分后卫。

然后齐为民指了指夏池西说："这位是夏池西，任意位置。你们几个人，要不要分成两组，来一场3对3比赛？"

他们几个人交换了眼色，梁宇和简单选择了夏池西，跟田泽、黄道和邵华对抗。

事情发展看得我目瞪口呆。

夏池西利落地把他的背包扔给我，换上了田泽不知道从哪里弄来的球服。

一听说要比赛，有些人不干了，齐齐跑过来跟齐为民教练抗议："教练，3对3多没意思啊，再加我们几个打全场吧！"

齐为民赶苍蝇似的挥挥手："去去，一边练习去，谁分心就留下来打扫篮球馆啊。"

那群小子失望地走开了。

也许男生们的友谊就是那么奇怪，在开场前，他们都对夏池西这个新加入的家伙有几分防备、警惕和看不上，比赛一结束，大家就勾肩搭背你一言我一语聊得不亦乐乎。

一听说夏池西是来玩儿的，原先寡言少语的简单和一开始漫不经心的黄道就自告奋勇要当导游，让夏池西宾至如归。

夏池西问田泽，他是他们篮球队的老大："你们这都是几年级的？"

"一年级、二年级的，三年级就要退社准备高考了。"田泽说，又问夏池西，"你几年级？"

"二年级。"夏池西说。

其他人显然非常失望。

黄道着急地说："齐教练看上你了，你也来我们附属学校了，还以为你是新生呢。啊，你小子，不会是耍我们吧！"

"呃。"夏池西睁圆了眼睛。

只是我没想到，夏池西会真的转学，来Q大附属学校念二年级，就是为了打篮球。

第六章

我喜欢你是我的事情，你不必在意

——雪白的五月花

YOU
ARE THE
FIRST **ONE**
IN THE WORLD

想要让时间永远停在那一秒，不要长大才好。

但长大就好像春天降临，仿佛一瞬间花海绚烂，一夜之间旧颜换新。

然而不管时光是拉长或仅是一秒的镜头，只要有我和你就足够。

雪白的五月花

有一件事情，在毕业的那一晚，我也曾经怀着美好的感觉给朋友们叙述过。甚至很久以后，我还会向别人重述这件事情。

每次我都会这样开头："关于喜欢这件事，我最美好的回忆，是那一年B市的第一场雪下起来的时候。"

B市的第一场雪下了一夜以后，我骑着单车，决定去传说中的皇家园林闲逛一圈。

经过夏池西所在的附属学校的时候，我在校门口停了下来，远远地就看见了夏池西他们在操场上打闹。

简单鬼鬼祟祟地自后靠近，偷偷地将站在双杠上向别人扔雪球的夏池西一把推到雪地里，然后周围迅速拥上来一群人，跳上去把他压得严严实实。

少年们疯狂肆意的笑声在落满雪的操场上回响。

我也微笑起来。

看来，夏池西和他的新伙伴们玩耍得很愉快。

以平凡少年的角度而言，他们已经完整地融合为一体。

我继续踩着单车，费力地在雪地里前行。

"喂……"后面传来喊声。

我回过头，只见一个高大的戴着红色围巾的男生从地上爬起来朝我奔过来。这会儿是午休时间，他们是不能出校门的。

"你是夏池西的姐姐吧？"他这样说道，"我叫原白。原来的原，白色的白。我听夏池西说过你很多的事情。"

老实说，在后来，我带着微笑回忆的时候，都会这么说一句："我听到这样的话其实是不高兴的，我讨厌夏池西那个浑蛋把我的事情到处乱说。"

但是，原白却从怀里掏出一罐牛奶咖啡递给我。

当时还在下着雪，雪花扑簌簌地落下来，仿佛为眼前的少年镀上了一层特效光晕。

我有些疑惑地接过那罐牛奶咖啡，诧异地说："呃，还是热的。"

"对啊，我特意焐着不让它冷掉的，请你喝。"

原白笑起来的时候，左脸颊上有一个小小的酒窝。

实际上，他也就说了这么几句话而已，之后就是看着我，不好意思地一直笑。

这种感觉非常奇妙。好像被他传染了一样，我也看着他，一直回以微笑。一种非常奇异美好的祥和感将我们包围，因此尽管后来每每想起来都觉得这个场景挺傻的，但当时我完全没有觉得不自在。

他直白又认真的态度让人非常喜欢。

下午上课前的广播响起，是去年冬天大热的林志炫翻唱的《烟花易冷》。在悠扬的音乐声里，他忽然说："我想跟姐姐约会，可以吗？"

后来的冬天里，只要下起雪，我就会想起这一幕来。洁白的雪景，原白脖子上系着大红色的围巾，他微笑的样子像是镌刻在了我心上一样。

"那么后来呢？后来你们去约会了吗？结果怎么样？"尽管我费了很多口水描述当天的雪景和原白傻笑的模样，但听众唯一关心的就只有这几个问题。

我一下子觉得索然无味。

可他们没有放过我。

我支支吾吾，说不出个所以然来。

"所以根本没有后来对不对？"他们斩钉截铁地问道。

对，他们都说对了。

后来，原白再见到我，就好像这件事没有发生过一样，跟夏池西的其他小伙伴一样有礼貌地打招呼，甚至连多余的眼神都没有。

【1】

本来我打算送他到高铁站，但夏池西执意要送我回矿业大学。

在回去的公交车上，我们坐在最末尾的位置，就好像以前那样。

但不同的是，我们之间的气氛分外沉闷。

"叔叔和阿姨肯定不会同意你这么做的。"最终我打破沉默，却不看他，目光一直盯着鞋子，仿佛上面开着一朵超级漂亮的花。

"这就不用你操心了。"他说。

"我怎么能不操心？你真是越来越倔，还越来越讨厌。"

"我一直都这样啊，而且只有一年而已，放心吧，我明白什么是更重要的。你不也说过，我不可能打一辈子篮球比赛。"

我试图说服他："这不一样。"

"哪里不一样？"

"你能不能不要这么孩子气？"我说。

"你怎么还把我当小孩子？我已经不是小孩子了。"他说。

"你怎么不是小孩子？"

他耸肩，一副不想再跟我说下去的姿态。

就在刚才，从Q大附属学校离开的时候，他突然说："姐姐，我决定了一件事。"

"什么？"看见他很严肃的样子，我吃了一惊。

"我要转学来Q大附属学校。"他说。

我噎得差点儿背过气去，缓过来后，第一句话就问他："你疯了。阿姨他们知道吗？"

"还没说。我想先跟你说。"他说。

我沉默了一会儿。我知道夏池西对篮球有多热爱，一开始明明只是我轻描淡写地提起的。

"为什么一定要来Q大附属学校？"我问。

他抬步继续走。

"之前输了比赛，但齐为民教练提出过建议，让我来附属学校加入他们的篮球队。"他说。

"可是刚刚你也听说了，三年级就必须退社了。"

"我知道，所以我决定留级，再念一次二年级。"他平静地说道。

我长久地注视着夏池西，想从他脸上看出平静和坚决以外的情绪。

直到到了矿业大学我的宿舍楼下，我都没能说服他。

分别时我突然有点儿感伤。

"你路上要小心。"我说。

"我这么大的个子，谁敢打我的主意啊？"他笑着说。

"如果叔叔和阿姨坚持不让你打篮球，你也不要一味地跟他们犟。他们不知道你有多喜欢篮球，好好告诉他们，他们应该会理解吧？"我又说，却连自己也不能肯定。

"没事的。"他说。

"唉。"我叹一口气，又说，"总之要好好说，不要最后搞得一团糟。"

"好了，你其实就是舍不得我走嘛，说那么多。"他笑。

其实他笑起来挺好看的。

"你放心，等我到附属学校念书了，一到周末就来看你。"他安慰我。

"你走吧，快走快走。"因为感觉姐姐的面子都要丢光了，我赶紧推他走。

触手所及，我发现这家伙背也宽阔起来，满是肌肉，果然是长大了，所以他才能独自一个人做出决定，完全不在意即将到来的铺天盖地的反对声吧。

他笑着走了。

我一个人站在女生宿舍前面的大榕树下，待了很久，直到路灯乍然亮起来，从枝枝蔓蔓间透下些微暖光。

我觉得空荡荡的。

夏池西回去后的第三天，我军训的第一天，累得半死的我接到了阿姨的电话。

她问我，你知道不知道夏池西坚持要去Q大附属学校打篮球的事情。

我握着话筒，说，我知道，他那天还非要我带他去看了Q大附属学校。

我和阿姨都沉默了。

过了一会儿，阿姨忽然问："阿则，你说他有没有可能是因为不想跟你分开所以才这么做的？"

"不可能。"我冲口而出。

又是沉默。

我听见阿姨轻轻叹了口气，她说："小西做事的方式，让人不知是在意料之中还是意料之外。"

我不让人察觉地轻轻呼了一口气。

阿姨继续说："Q大附属学校，光是这个牌子，我们也愿意让他去念书。可是，他只是想去打篮球。原先突然说要打篮球也就算了，男孩子总是会喜欢这些流汗的运动，但现在他是拿篮球当饭吃……"她苦笑，"作为父母，总觉得不同意这件事才是对的，但他有理有据地分析优势劣势，十分坚持……"

"阿姨，我也试图说服他，但是……"我说。

"我知道。"阿姨说。

然后她问我："阿则，这个弟弟让你吃惊吗？"

"是的。"我慢慢地说。

"我也是。"她说。

夏池西，我的弟弟，在不知不觉间，成长为了一个势不可挡的男人。

过了没多久，阿姨又打来电话说，夏池西自己去把转学手续办好了。

"他一个人不慌不忙地就把那些事情全部搞定了。"阿姨的原话是这样的，"孩子长大了，翅膀硬了，想要飞，就怎么也拦不住了。"

"叔叔呢？说什么了吗？"

"一个人生闷气呢。大概是觉得自己作为父亲的威严被削得一点儿不剩了。"阿姨说。

我笑，原来一个人的成长会有这样的影响。

弟弟没有我好运，他没有闲在家里没事的妈妈送，而是独自一个人扛着行李乘火车来了B市。

他来的那天也没有跟我说，是后来阿姨打电话告诉我这件事，我才知道。

那时离阿姨说的火车到站时间，还差两个小时。

于是我丢下画笔，匆匆拿了钱包、钥匙和公交卡就往地铁方向赶。

B市堵车尤其厉害，地铁虽然挤了一点儿，但好歹不会晚点。

那是9月下旬，B市相较于我们原来城市的夏天，温度虽然没有那么高，但天空万里无云，阳光毫无遮拦地照射在人身上。

因此，出了地铁，我完全没有停留，快步走到南站出站口的大厅。温度依然很高，我用纸巾擦了擦额头上的汗，掏出手机，准备给夏池西打电话。

身后传来一个声音："流云则。"

我回头一看，居然是那天在Q大附属学校跟夏池西一个队的简单。

他嘴里嚼着口香糖，一只手插在口袋里，另外一只手举起来朝我挥动。

我定睛一看，那天跟夏池西打篮球的几个少年都在。

想了想，我还是朝他们走了过去："你们不会是来接夏池西的吧？"

简单一边朝我递来一片口香糖，一边回答我："对啊。之前，他还说你不会来呢，怕累着你，结果你居然来了，你们感情果然很好啊。"

总觉得哪里好像有点儿不对，但我还是笑着说："对啊。"

然后，我们就面面相觑，没有话说了。

幸好，没过多久，广播就响了起来，夏池西坐的那趟火车到了。

【2】

出站口的门打开，夏池西随人流走出来，因为个子高，显得很醒目。他肩膀上背着一个巨大的旅行包，手里各提两只大箱子。

他吹着口哨，一脸愉快地四处张望。

我以为其他人会迅速地过去跟夏池西打招呼，没想到他们都推着让我上。夏池西一看到我，就"扑哧"一声笑了出来。

"你笑什么？"

"你看你这一身。"他指着我的长裙说。

我低头一看，长裙上满是颜料的斑点。哎呀，这不是匆匆忙忙跑出来忘记换衣服了吗？

"还有脸上。"他乐坏了，伸手刮着我的脸，"抠不掉呢。你画画怎么画到脸上去了？"

"怎么会这样？"我急道。

"你还问我？这不都是你自己干的吗？"他说。

"谁叫你不先打电话给我？我还不是怕接不到你，就急匆匆地出来了。"

我们的对话最后变成无意义的争执。

田泽率先打断我们："要秀恩爱也先等小西安定下来啊。"

这句话似乎有哪里不对。

我正疑惑，夏池西已经连忙举手投降："好吧，都是我的错。"

他们几个人找了黄道的哥哥开着白色的面包车来接，一帮人高马大的少年上了车之后，整个空间就逼仄得仿佛连只苍蝇也挤不进去了。

"弟弟，要不你们先走，我搭地铁过去。"

夏池西还没说什么，黄道就叫起来："不用不用，特意给你留了副驾驶座啊。"

我只好跟着上了车，一路上听着几个少年七嘴八舌地讨论NBA。

到了学校之后，其他人就帮忙把夏池西的行李搬上宿舍楼去了。田泽领着夏池西熟悉校园，又办了校园里要用到的各种卡。

很快，暮色降临。

我正想问附近有什么小餐馆，大家一起去吃个饭，结果他们一个个拍拍夏池西的肩膀，走了。

夏池西带着我去食堂。

说起来以前我们第一次分开，我担心他，去博雅学院找他，他也是带我去食堂。

这里的食堂比博雅学院的要好得多，环境也是。

他会在这里待两年。

"两年后，你不会要考B市的大学吧？"我笑道。

"我不会考B市的大学。"他说。

"哦？"

"你毕业后不是会回去吗？那我就考去你之前没考上的H大好了。"他说。

这个时候还没忘了要噎我。

"我说你是跟屁虫没错吧。"

他"嘿嘿"地笑。

"但这样会有两年见不到你。"他说。

"这种话，应该要说给你的女朋友听吧。"那种奇怪的感觉又涌了上来，我谨慎地说道。

"我的女朋友不就是你吗？"他说得如此自然，反倒让人觉得半真半假。

"我是姐姐！"我重重地拍了一下他的背。

他痛得"哎哟"了一声，皱着眉接着说道："不可以吗？"

"当然不可以。"我义正词严地说，心却"怦怦"的跳了起来。

这个家伙发什么疯，居然说这么暧昧不清的话。

这便是夏池西来到Q大附属学校念书的第一天。

夏池西并没有如他所说，每个周末来看我，事实上电话都几乎没有打过。

大约一个月后，我被编辑约稿，从草稿讨论到线稿，修改的过程是艰难的，但成果是喜人的，最终我的画被采用了。

我兴奋地从宿舍里跑出去，冲下楼，沿着操场跑了一圈，才给夏池西打电话告诉他这件事。

夏池西出现在我面前的时候，恰好是快递员给我送来有我插画的那一期杂志的时候。

打开包裹，我拿着杂志翻来覆去地看着我那一页插画，喜不自胜，然后我就看到了他。

不知道为何，我觉得在这种时候看见夏池西是理所当然的事情。

我向他跑去，紧紧地搂抱着他。

他愣住了。

"弟弟，弟弟，我的画被印刷出来了。啊，好开心。"我仰天大笑。

他缓缓地回抱住我，将我抱离地面。

等我发现时，不由得有点儿脸红。

"放我下来。"我说。

停顿几秒后，他依言将我放下。

我又高兴起来，说道："对了，你来做什么？"

他从口袋里掏出一个绑着蝴蝶结的礼盒："来祝贺你的啊！恭喜你，流云则，恭喜你迈出梦想的一大步。"

这的确是一件值得庆贺的事情，于是我拽着夏池西请他去吃好吃的。

但送走他以后，我脸上的笑容就挂不住了。

刚才的他一点儿也不像是在开玩笑，而那种可能性让我既尴尬又惶惑。

同时，我又在心中充满侥幸地想，也许我只是想多了呢，毕竟弟弟已经长大了，我也有很长一段时间猜不透他的想法了。

一般小男生都会喜欢上邻居姐姐吗？

这个问题，我试图在"百度问问"上得出个答案。

结果收到一堆"在一起""赌五毛钱，等楼主回来就会幸福地说我们已经在一起了""秀恩爱"的回复。

我恨不得撞墙。

【3】

我和夏池西都非常非常喜欢B市的夏天。

跟G市的酷热湿闷不同，它是透明的。刺眼的阳光，湛蓝得通透的天空和银色的建筑物、墨绿的枝蔓和浓黑的树荫强烈对比着。

只是这座城市的人总是那么匆忙，而在小巷口，则有老人家摇着蒲扇，躺在摇椅上安静地度过一个个灿烂的午后。

总觉得，岁月静好，就是这么一回事。

在B市生活的那几年，湛蓝的天空万里无云的空阔感在我心底留下了非常深刻的印象。偶然看到同样的天空，我都会陷入对B市的回忆。

有一次在电话里跟夏池西说起这些，已经变得沉稳的他说："我也是啊。"

那年夏天，夏池西来到Q大附属学校以后，我们见面的次数并不多，各自在各自的学校里忙碌着。

有一次，我去Q大附属学校，居然在校门口撞见夏池西抱着一个女孩子匆匆忙忙地走向校园的一角。我拉过跟夏池西在一起的简单询问才知道，那个女孩子居然是从G市追过来的。

听说当时那个女孩子就那么哭着站在校门口喊："夏池西！夏池西！"

因为Q大附属学校的校门不是什么人都可以随便进出的，况且当时正是上课时间，保安劝她等到下课时间就让她登记后进去找人。

但仿佛是长途跋涉磨灭了她的意志，当时她就崩溃了，站在校门口喊了整整三10分钟夏池西的名字。

最后老师接到保安打过去的电话，让夏池西来见这个女孩子，却没想到她完全不肯走，等到上午的课结束，还纠缠不休。

夏池西劝说了她几句，未果，之后就冷酷地转身就走。

简单故意学着当时夏池西的语气说："不要烦我。"

结果那个女孩子把膝盖摔破了。

这也是为什么夏池西把那个女孩抱着跑走了，他们是去学校医务室。

我这才想起来，夏池西有多么受欢迎。

但我最关心的，还是他的身体状况。他告诉我，篮球社的齐为民教练简直没有人性，每天逼着他们做超大运动量的基础练习。而课堂上，老师也丝毫不放松，同样布置了大量练习。

我对夏池西说："你一定要安排好自己的时间，争取劳逸结合，不然身体垮了，就什么都谈不上了。"

他点头："我知道。"

之后，有很长一段时间，他开始有空就到我们学校来，让我请他吃饭，因为，总觉得饿，但是生活费不够用。

我能怎么办，只能看着银行卡里的存款数字越来越小，默默地心痛。

后来再一次遇见Q大附属学校篮球队的少年们时，B市正难得地下着暴雨。

当时已经接近黄昏，雨"啪啪"的打在路面上。很快雨就下大了，目之所及一片白茫茫的颜色。

我心情糟糕地跟另外三个人走在暴雨中。

因为，她们三个人都说，这样很浪漫！

常理来说，天气预报不是不太可靠嘛，所以没有人带伞。衣服很快就被打湿了，我穿着民族风格的大摆长裙，衣服黏糊糊地贴在肌肤上很难受。而一旁的方想歌就不同了。方想歌是我的室友，她为了今天，特意穿了白色的雪纺连衣裙，此刻已经全湿透了，隐隐约约地透出内衣形状。

但方想歌完全不在意，一边跑一边跟季帆聊着八卦。

"……长得是奇怪了点，但是声音很好听啊。"

"……他倒是有些可惜了。"

"哦，那个啊，我知道，天涯的帖子我还看了呢，真是没想到啊……"

我听到的都是遥远的语句，比雷声还要遥远。

"阿则，你平时看什么娱乐节目啊？"另外一个叫钟期的男生突然问我。

"啊，我平时不看娱乐节目。"我摇摇头。

"不是吧，芒果台的综艺节目也不看吗？"钟期追问道。

"不看啊。我平时忙着学习，忙着画画，哪有时间看这些。"我直白地说道。

从他们三个人的反应看，就好像我是"山顶洞人"一样。

"念大学那么努力做什么，努力了也拿不到奖学金。"钟期的语气带着淡淡的嘲讽。

真是，我为什么要配合方想歌来跟他们见面啊？

抿了抿唇，我没忍住，反问道："学知识跟拿奖学金有必然的联系吗？"

气氛一时有些僵硬。

我无所谓。

方想歌连忙打圆场："哎，你别在意阿则的话啦，她就是这样的人啦，拼命三娘似的。"

钟期突然说："以后肯定嫁不出去。"

我真想发火，却被方想歌死死地拽住手。她拼命地朝我使眼色，我只好忍了。

我随意地四处看，突然，我停下了脚步，视线穿过厚厚的雨幕，穿过半人高的栅栏。

一群少年裸着上半身，在路边小区里的狭小篮球场里进行着激烈的比赛。

"传这边！"

"浑蛋！"

"跟上，快点，浑蛋！"

在密集的雨中，他们紧张地嘶声呼喊着，完全沉浸其中，无视天地他物。

大雨冲刷在他们身上，在身体表面溅起一道白边。这些带着白边的身影，在暮色中快速移动，搅乱这密密斜织的雨幕。

我很怀疑他们是否看得清楚球和篮筐，转念一想，他们这会儿大概完全是凭感觉在打了。

等略略回过神来，我才发现刚刚还热烈地说着话的那三人与我并肩站在栅栏外，看着场内的比赛。

方想歌认出了夏池西的身影，大声叫道："那不是阿则的弟弟吗？"

【4】

夏池西在雨中抢到球开始朝篮筐下奔跑，对手很快就围了上来，他似乎是笑了笑，飞快地把球传了出去。

那个笑容有些狡黠有些可爱。

短暂的失神后，我听到钟期又开始大声说话了："我打篮球也很棒的，念高中的时候我就是校篮球队的……"

但显然方想歌一点也不想听钟期炫耀自己的辉煌历史，好奇地看向季帆："季帆，你也喜欢篮球吗？"

季帆有些腼腆："我虽然喜欢，但是很不擅长打篮球。"

钟期噗笑了一声，附和道："对，没错。我们都叫他'连球都运不好的家伙'。"

季帆不好意思地笑了。

方想歌可不想看心上人季帆出丑，突然大叫道："那边有家咖啡馆，我们过去坐坐吧，雨下得越来越大了。"

我都要无语了。

敢情这位大小姐现在才发觉雨下得这么大了？

方想歌说的咖啡馆在小区里面。我们朝小区门口走去的时候，我听到场上快速奔跑的少年在喊："快传给夏池西，快传给夏池西！"

我回头去看的瞬间，橙色的篮球高高地飞起，轻轻地从篮筐中间掉下去。

紧接着，几个少年爆发出短暂的欢呼声，在空中击掌。很快，他们重新严阵以待，进攻、防守。

坐在咖啡馆里，店主好心地提供了大毛巾让我们稍微地打理一下自己。点的咖啡、果汁、蛋糕、冰激凌陆续地上了桌。

"接着，我一个漂亮的三分球……"钟期自从坐下来之后就开始高谈阔论。

从我坐的位置，刚好可以将外面的比赛尽收眼底，故而我心不在焉地对钟期点头，偶尔还附和一句"哦""嗯"。

而方想歌和季帆又找到了共同的话题，两个人靠在一起，拿着手机，小声地交流着什么。

过了一会儿，他们俩居然都说要去洗手间，并且直接起身离座。

单独面对钟期，让我略有压力。

之所以会是现在的情形，还要从几日前说起。

我们上周四下午只有两节体育课，我上的是健美操班。第二节课是自由活动，我回了宿舍，开始画水彩画。

画到一半，我去洗漱间洗颜料盒和画笔，方想歌突然推门进来。我吃了一惊，转身回头。然后，水彩泼了她一身，给她染上了乱七八糟的颜色。

所以今天早上，方想歌蹲在我床前拜托我陪她跟她的男神约会。因为，他们只是在网游中认识，她一个人不好意思去见面。而我又对不起她，所以不能拒绝她的这个请求。

只要我答应了她，她也就原谅我毁了她一件衣服这件事。

我好无奈。

只好答应了。

就在他们俩走开了不到两分钟之后，突然，钟期说："流云则是吧？我觉得呢，我们俩不是很合适。"

我迷茫地眨了眨眼睛。

"你看，你很漂亮，也很聪明，但是我也很聪明。我们这样两个人在一起，肯定不会有好结果的。"钟期换了个坐姿，有些得意扬扬和居高临下地说，"但天涯何处无芳草，你千万不要灰心难过。"

我实在不明白他什么意思，只得回他一个简单的字："啊？"

"你听不明白吗？我的意思是，我没看上你，你不要不开心，不要吊死在我这棵树上。"

我回应道："能不能讲人话？"

"哎，你这个人怎么这么倔强呢？"停顿了一下，他骄傲又矜持地说，"要是你热烈追求我，我会优先考虑你的。"

自恋狂。

我直接站起身："不好意思，我也要去一趟洗手间。"

转身走开的时候，我还听到钟期大声地说："你千万不要想不开啊！"

一进洗手间我就去找方想歌，却怎么也找不到她人，立马给她打电话，先问她在哪儿。她支支吾吾的，我却不耐烦听了，直接告诉她钟期的怪异："这人怎么回事啊？完全让人摸不着头脑。"

方想歌细声细气地说："那个……阿则，我说了你可千万不要生气啊。"

我顿时有种不太妙的预感。

"其实，钟期是来跟你相亲的。"方想歌扔下一个炸弹。

我脑子里"嗡"的一声，难以置信地大声问："你说什么？钟期是在跟我相亲？"我都气笑了，"作为当事人的另一方，我怎么不知道这件事？"

"我是觉得，我跟季帆第一次见面，单独见面不太好意思，所以季帆打算喊他兄弟陪着来。我就想，那我也叫个女性朋友来啊，正好可以跟他兄弟相亲。这不挺好的吗？我跟季帆在一起，你跟他的兄弟在一起。这样就完全不会无聊啦，也不会有人当电灯泡了。"方想歌理所当然地说，"现在，我们就是在为你们制造独处的机会啊。"

"我谢谢你！"我回了她一声冷笑，挂断了电话。

之后，我给方想歌发了条短信：我们俩已经两清了，以后不要再自作主张替我做主，你没这资格。

我不去想方想歌收到短信之后会有什么反应，我真心厌烦透了这样的"情谊"。

我也不会为得罪这样的一个人而觉得遗憾。

相反，我觉得我真是快刀斩乱麻，干得漂亮！

我从洗手间走出去，看到钟期百无聊赖地玩着手机。

刚刚听了他那一番自恋且无礼的话，我就不喜欢这个人了，但是我必须说清楚，万一这人要是发神经痴缠就麻烦了。

这么想着，我又在钟期面前坐下了，带着恰到好处的微笑，开始说明"误会"。

就在钟期被我的话刺激得站起来大吼大叫，我有些害怕他会做出什么过激的举动时，突然，咖啡馆门上挂的风铃响了起来。

夏池西冲到了我面前，头发湿漉漉的，眼睛睁得大大的："姐姐！打篮球的时候我就看到你了，还想问你怎么在这里？"

说完这句话，他才似乎意识到我跟钟期之间不对劲的气氛，蹙眉道："这位大哥，你好，我是流云则的弟弟，你是……"

他朝钟期伸出手。

作为篮球队的一员，在B市的这一年，夏池西又长高了，他现在的身高是一米八七。

足足比眼前的钟期高出了一个头。

而夏池西抿着嘴皱着眉不笑的时候，居然有几分咄咄逼人的气势。

钟期孬了，丢下一句"我去找季帆"，就跑了。

【5】

最后我不得不为所有人买了单。

我结完账，夏池西似乎才醒悟过来一般，忽然喊道："喂，流云则！"

"干吗？"听他叫我流云则，我就知道有不好听的话要从他嘴里说出来。

"你不会在玩那种集体相亲的游戏吧？我刚才看到你们是两男两女，你结账也结了四个人的份儿……那男的不会就是你的相亲对象吧？有没有搞错啊？"他吃惊地怪叫。

我们还在咖啡店里啊。

察觉到店里的人探究的目光，我羞窘地拽住夏池西的手就往外跑。

"流云则，你不要逃避我的问题！"夏池西强调道。

"这……我是被室友骗来……"

我居然把实话说出口了。

"骗你来？谁骗你？怎么骗的你？"他紧追不舍。

"都怪我不小心把颜料洒在了她身上。"我恨恨道。如果不是这样，我又怎么会碰到这样侮辱人的事情。

"道歉或者赔偿不行吗？为什么非要来相亲？"他迷惑地说道。

"因为她要来见她的偶像，又怕单独见面，又怕我当电灯泡，所以就非要我跟对方的兄弟相亲……一开始，她只是让我陪她而已，根本没有说到这件事。"我举手发誓。

他深受打击。

我奇怪地问："你怎么了？"

他嚷了起来："我的姐姐怎么可能那么蠢！"

"喂，夏池西，你把话说清楚，我到底哪里蠢了？"我有些心虚，却提高了音量诘问。

夏池西忽然严肃地将手放在我肩膀上，说："流云则，你还是做我的女朋友吧，这样我会比较安心，你也再也不用被人骗了，因为你已经有男朋友了啊。"

我抡起拳头就开始揍他。

夏池西当然不会乖乖挨揍，左闪右避的。

我们俩就这样在没什么人也没什么车辆经过的大街上打闹了起来。

最后，夏池西拽住我的手不放，制止了我对他施暴："你怎么就知道欺负我啊。"

"哼。喂，夏池西，别用力了，手痛死了。"我气息有些不稳，刚刚的打闹对我来说运动量有点儿过多了。

"哦。"他也才意识到似乎把我抓得太紧，停了下来，抓着我的手腕仔细查看。

"算了，没事。"我缩回手来揉了揉。

雨已经停了，路灯照射之处，路面亮闪闪的。

夏池西抓了抓头发："那现在要去哪里？"

"还能去哪里啊，赶紧回去，洗个热水澡，把湿衣服都换掉！"

"好吧。"夏池西乖乖地说。

我们放慢速度，朝最近的地铁站走去。

走着走着，他忽然笑起来。

"笑什么？"我以为他在嘲笑我，顿时怒道。

夏池西似乎也注意到了这一点，连忙摆手："不是啦。我在想刚刚的比赛，姐姐也看到了吧？"

"嗯。说起来，你的队友们呢？"我才想起这个问题来。

夏池西说："他们早回去了。我是因为看到姐姐了，想跟姐姐说话，才留下来的。"

我脸红了，接着愤愤地说道："甜言蜜语。"

夏池西笑了笑，并不反驳也不接话。

一时间，沉默蔓延开来。

"你们打得很痛快，对吗？"我想起夏池西把球传给队友时，那一抹惊艳的笑。

夏池西点点头，突然说："我是真的很喜欢篮球。"

"我知道啊。"不是特别喜欢，干吗要千里迢迢从南到北？

他又笑了，眼睛里闪着微光："姐姐，我很高兴，你把篮球介绍给了我。"

"臭小子，都说不要对我说这些甜言蜜语啦。"我下意识地捶了他一拳头。

夏池西却没有躲开，而是带着笑说："姐姐，你知道吗，我现在感觉非常好。"

哇，他说他感觉非常好！

而且这样说的时候，他浑身透着自信和喜悦。

我忽然就生出嫉妒来。

这个家伙，真是太坏了，故意把这话说给我听的吧？

我在心里愤愤不平地想。

第七章

——他是美景，他是良辰

每当变幻时

YOU
ARE THE
FIRST ONE
IN THE WORLD

关于和他的事情，我从来没有在公共场合跟任何人提起过，有人问起也只是打个哈哈就过去了。

只是在生日的那一天，我一个人呆呆地待在宿舍里。

一直到晚上12点过去，也没有收到一条来自于他的短信。

那是我第一次深刻地意识到，我已经失去这个人了。

他是美景，他是良辰

说一个朋友小M的故事。

小M是L市人，有一个弟弟，但从小张扬跋扈地长大，肆无忌惮地享受来自亲戚长辈们的宠爱，因为她是她这一辈里唯一的女孩子。我认识她，是因为给她的小说配图。她写了一个暗恋的故事，字里行间，皆是爱而不得的绝望。

最终她设计陷害了自己的好朋友，得到了那个人。那个人却转身就松手了，让她像个不太好笑的笑话一样承受所有人的嘲笑。

"你再漂亮再优秀再有手段又怎么样，顾西城不爱你，就是不爱你！"幸而在故事的最后，她的好朋友这么骂着她，将她从"想去死"的深渊里拯救了出来。

我给了草稿，两个姑娘在香樟树下，一个挥手，一个拿着书包笑得沉静而温柔。

她从编辑那里要到我的QQ，告诉我："我和她不是这样的感觉。我没有笑得这么恶心，她也不是这样的人。"

说完，她还给我发了她跟朋友的合照，两个人穿着相似的裙子凑在镜头前矜持地笑。

然后她问我："你觉得我们两个人像吗？"

我摇头："不像。"

"但所有人都说我们像。故事的最后，你是不是觉得我们俩和好了？"她不等我答复就自顾自地说下去，"其实并没有。就跟我羡慕嫉妒她能够得到那个人的爱一样，她羡慕嫉妒我能够拥有的比她多得多。比如，我的新裙子，我的新首饰，甚至是我爸爸新买的车子。"

我沉默了。

"而且，其实她一点儿也不喜欢他。只是因为我喜欢他，所以她才假装喜欢他。我都看出来了，才那么不满。你知道他为什么离开我吗？因为他觉得，我这样有心机的女孩子很可怕。"

她笑了一下。

"所以我就故意让他知道了她的真实面目，但是，他却说她善良，还是喜欢她。"

她说完这些之后，我给她画了单幅的铅笔自画像。

简单的线条勾勒出一个姑娘拿着书包站在教室的窗边看着窗外的景象。

窗外春花灿烂。不知道看到了什么，她淡淡地笑着，眼睛里却盛满了悲伤。

她说："谢谢。这是我想为这个故事配的图。"

她那篇故事的结尾是这样写的：我们每个人都会情不自禁喜欢上一个人，他是良辰，更是美景。

【1】

"我现在感觉非常好。"

——夏池西这么说。

我在全国高中生篮球联赛地区赛的观众席上，看见夏池西在场上就像一具得分机器般所向披靡，于是深刻赞同了他对自己的评论。

在博雅学院的时候，虽然他的球技进步神速，但从未如现在这样，就好像身体里隐藏着的那些能量突然一起爆发出来，真叫人刮目相看。

技巧的成熟，使身体的力量与姿势的流畅结合得完美无瑕，他像鬼影一样在球场上来回穿梭，只要投出篮球就能取得分数，让全场狂喜。即使是对方球队的观众，也因为这个天才而陷入了兴奋的状态。

最后，我看到他抛离了他的队友们，以狂风暴雨的形式独自向对方的篮筐跃起。

我知道的，他这一出手，就是想灌篮。

我的心猛烈地跳动起来。

我对灌篮的深刻记忆，不是漫画里或者NBA录像里仿佛下一刻就要跃出电视屏幕的动作，而是百度百科里解释的内容——灌篮，是篮球里的花式打法，是一种最刺激最能使观众情绪高昂的打法，尤其当篮球进篮的时候，那股猛力往往令人担心篮框是不是会被打坏掉。

夏池西就是要完成这样一个灌篮。

我看着夏池西高高地跃起，球重重地砸进了篮筐，全场爆发出热烈的轰鸣声的同时，我注意到，夏池西跟他的队友几乎没有什么交流。

曾经有过的空中击掌，曾经有过的相视而笑，在此刻，都化为了沉默地擦去脸上的汗水。

夏池西的打球风格变了，由沉稳变成了狂傲，而明显地，其他人跟不上他的节奏。

从刚刚夏池西的灌篮来说，对夏池西个人而言，是很完美的。但是，同时我也看到了其他人不得不配合夏池西的不甘。

篮球是靠团队协作才能获胜的运动，夏池西这样，我怕他跟他的小伙伴们最终会逆向行走。

中场休息时，我试图靠近他们所在的位置。

远远地，我听到了齐为民教练对夏池西大加赞赏，甚至还有职业经理人笑容满面地附和。而一侧，居然还有记者想要采访夏池西。

我心里充满了不安。

比赛结束后，夏池西懒洋洋地要求我给他按摩，因为肌肉实在是太酸痛了而他好累啊。

我不由得担心地提出了这件事："你那样不太好吧——篮球不是一个人的比赛。"

"我知道，但我想挑战个人的极限。"他毫不犹豫地答。

这样我还能说什么呢？

但夏池西很快就踢到了铁板。

那个学期末，比赛已经进入了白热化的阶段。他们面临的对手也一个比一个强，而夏池西也愈战愈勇，个人风格也愈加凛冽。

直到11月底，已经打入前八强的他们的球队与S市的球队遭遇了。

跟夏池西所在的球队所有人配合夏池西的打法不同，S市的这支球队打出了滴水不漏的防守，出其不意的进攻，甚至死死地将夏池西盯住了。

全场下来，夏池西个人得分只有5分。

我看着他宛若困兽般，屡次想冲破对方的防守，却一次次失败。比赛结束后，他竟然还冷冰冰地拒绝参加齐为民建议的反省会，找我请他吃饭。吃饭的过程中，他不发一言，啃着排骨，不时地咬牙切齿。

我倒是乐了，就该挫挫他的锐气，让他知道打篮球只凭他挑战个人极限是不可能赢的。

过了半晌儿，他自言自语道："真想找他们一个一个单挑。"

我都气笑了："然后呢？证明你打得比他们所有人都好，那又怎样？你们输了这场比赛。"

他闭上了嘴。

看着他这样，我又忍不住安慰他："不用那么烦恼。你还记得你们球队在暴雨中打的那一场比赛吗？你跟我说，感觉特别好的那一天。我记得，你们当时打出了超赞的配合。"

他看了我一眼，然后陷入沉思。

我敲了敲他的筷子，说："回去再慢慢想，先吃饭，菜都要凉了。"

随后的几场比赛，因为我要准备期末考试，所以并没有一场场地观看。我知道的是，夏池西他们的队伍打进了前四强，最终止步于第三名。

我知道这件事后，打电话给夏池西。

夏池西说："对方很强。其中有一个叫林书颖，号称林书豪弟弟，就像是一块冷硬的铁板。他盖我帽的时候，力量几乎是压倒性的，我的手受了伤，没能坚持打完全场，所以输了。"

我惊叫起来："手受伤了？怎么样？医生怎么说？"

夏池西沉默了一会儿才说："没事。"

没事才怪。

因为夏池西手受伤的事情，夏叔叔特意选择B市的出差工作，一下飞机就把我们都叫上街去吃好吃的。

就在我们大快朵颐、不亦乐乎的时候，夏叔叔意味深长地开口了："小西，你看看你的手，医生说要修养至少一个月吧？喜欢打篮球没有错，我也有年轻的时候，我知道那是怎样一种疯狂。但是，你要明白一点，你可以为之奋不顾身，却不能为之出生入死。再看看你的成绩，上个月月考的成绩像什么话？物理39分，化学47分！我以为我们早就达成了共识，你可以打篮球，但是学习不能丢……"夏叔叔越说越起劲。

最终下结论："你就是吃得太饱撑得慌。"

又跟我说："小则啊，小西我就托付给你了，你可不能偷懒，一定要帮我把这家伙盯紧了！"

我和夏池西闷不吭声，只吃饭。

然而夏叔叔的训话就如滔滔江水连绵不绝，我跟夏池西对视了一眼，恨不得变成鸵鸟，再把脑袋埋进沙子里。

但这件事没有完。

寒假很快到来了，夏池西要参加篮球社的高强度训练。而还没等我决定是申请留校陪着他待在B市，还是先回家，我爸妈连同他爸妈就联袂北上了。

【2】

首先，他们看到的是夏池西带着伤练习篮球，并且在高强度的训练下，时常造成肌肉损伤。

其次他们"突袭"的前一天，我正在赶画稿，一个晚上都没有睡。他们来了之后，看到的是顶着浓重的黑眼圈，脸色苍白，还不停地打哈欠的我。

之后，他们就愤怒了，以我和夏池西都难以理解的速度，迅速地给我们租了一套房子，强硬地要求我们搬进去，互相照顾。

老实说，他们到底是怎么想的？尽管我跟夏池西是从小一起长大的，但毕竟不是亲姐弟，难道他们就不怕我们俩发生点什么？

　　于是我避开老妈，悄声问夏池西："喂，你不觉得他们多此一举吗？咱们在学校里住得好好的。"

　　他轻声笑了："你肯定是怕被我管。"

　　我怒了："明明是我管你！"

　　就这样，我们光明正大地"同居"了。

　　穿过狭窄的街道，爬上一段陡峭的阶梯，经过许多摊贩占据的道路。门口有高大的梧桐树，翠绿的爬山虎占据了半边墙壁。上楼第三层左手边，两层铁门，三个房间。

　　我们在家的时候，都是待在客厅里，夏池西在一旁做运动，而我在画画。

　　我一直不肯承认的是，从我开始意识到夏池西是跟我完全不同的男生时，我们的关系就跟以前完全不一样了。

　　之后的时间过得飞快。

　　我跟夏池西的生活步入了一个异常和谐的循环。

　　每天清晨五点多，夏池西就把我叫醒了，逼着我陪他一起跑步。准确地说，是他跑三十公里，而我骑着自行车跟着他，一边大声地朗诵他这一天要背诵的英语单词和英语课文。

　　中午的时候我们几乎不会见面，下午我放学早，会先回家给他做饭。晚上有课的时候，我们就分别在外面吃。

　　即便是在家里，夏池西也从来不放松练球，同时还会拉着我帮他补习他薄弱的功课——英语。

有一次，他英语得了130分（满分150分），得意扬扬地非要我买好吃的庆祝一下。

当时我随手拿起摆在沙发上的杂志敲了他一下："没有我，你会取得那么好的成绩吗？"

"那为了感谢阿则，也要吃好吃的庆祝啊。"他理所应当地说道。

我忍不住又打了他一下。

只是拗不过他，最后我们还是去吃了一顿大餐。

不知道从什么时候起，他开始叫我"阿则"，不叫我姐姐了。

而我也开始很少叫他弟弟，更多的时候是叫他夏池西。

第二年的春季很快就到来了。

与夏池西常年篮球狂人的状态相比，我的生活有了极大的变化，第一件翻天覆地的事情就是，我的漫画开始连载了。

《花漫》杂志是国内新兴的少女漫画刊物，跟我熟悉的编辑跳槽过去，然后跟我一起策划了一个漫画主题。

刊载的第一期，夏池西积极地去买了两本回来，一本扔给我签名，签完之后妥妥地收藏起来；另外一本自己拿着，趴在沙发上，反复地看了一遍又一遍。

老实说，这画面挺让我脸红的。

看完之后，他感叹："阿则，要是你成了著名漫画家，不会抛弃我吧？"

我冷汗都下来了，说："夏池西，说什么呢，油嘴滑舌的，也不看对象。"

他幽怨地看了我一眼，答："你这个笨女人，完全不明白我的焦虑。"

肉麻得我都快吐了，夏池西。

我仔细地端详他的脸，本来只是想从他的表情里看出点什么来，却忽然有了别的发现："为什么我觉得你的左脸是肿的？"

他不吭声。

我急了，凑上前去，捏住他的下巴仔细打量。

他拍了拍我的手背。

"你不会是被人打了吧？"我惊奇地问道。

他默不作声。

"被女孩子打的？感情原因？你又拒绝了别人的告白？"

夏池西愤愤地瞪了我一眼："你烦不烦啊。"

"唉……"

我叹了口气，他从小就招女孩子喜欢，说起来转学到B市后，还有女孩子专门追到B市来，真是个不省心的家伙。

"你不要玩弄女孩子的心啊。"

他反驳道："我没有。我有喜欢的人，都说得很清楚明白了，还非要纠缠，真的很讨厌啊。"

我大吃一惊："你有喜欢的人了？"

还没等他回应，我就甩出了一连串问题："是谁？我见过吗？长得好看吗？性格怎么样？"

看到夏池西目瞪口呆的样子，我有点儿讪讪地摸了摸鼻子。

"我只是有点儿吃惊。"

说完，我还呵呵干笑了一声。

夏池西却若无其事地转移了话题，说："稿费肯定很多吧？收到稿费要请我吃饭啊。"

"好啊。"

"光请吃饭也太没意思了，不如吃完饭，再去看电影吧。"

"也行啊。"

夏池西看了看我，说："我快过生日了。"

"才春天呢，你的生日明明在热得不行的时候。"

"那快到你的生日了。就定在你生日的那一天吧，我们先吃饭，然后去看电影。"夏池西改口说道。

"行啊。"我漫不经心地说，心里却还想着夏池西"有喜欢的人"这件事。

那之后的两个星期，我还偷偷摸摸地去过夏池西的学校，企图找出夏池西喜欢的对象。

但遗憾的是，他除了上课，就是练习篮球。篮球训练的时候，的确有不少女生围观，但也没见他对哪个女生特别对待过。

第一期的读者反馈出来了。评论都认为分镜过于僵硬，故事平淡。

这些评论对我的打击很沉重，我承认原先只画插图的我，对漫画分镜头不太熟练。但故事是我跟编辑反复推敲沟通，再加以现代元素糅合而成的。

尽管编辑安慰我，是她乍然转行，经验不足，连累到了我，但我还是明白是因为我自身的不足才令她也很为难。

我也没有兴致再去追查夏池西喜欢的是谁，而是重整心情，投入到工作中。

【3】

就在我埋头工作的时候，这一天下午，夏池西一回来就蹲在我旁边，表情奇怪地看着我。

连续好几天都熬夜到凌晨两点，我精神有些不济，侧过头，俯视他，问："干吗？"

他盯着我看，就是不说话。

我皱了皱眉，推了他一把："好了，别撒娇了，想要什么赶紧说，趁着姐姐心情好，都准了。"

夏池西恼怒地瞪着我："我才没有撒娇！"

我叹了口气，问他："那你要怎样？"他老这样盯着我看，我很烦恼。

"流云则，你答应过生日那天请我吃饭请我看电影的。"夏池西似乎很不高兴。

"不行，我要赶稿、要睡觉——你记得送我礼物啊。"我一口回绝。

夏池西又盯着我看了一会儿，忽然叹了口气："流云则，你二十岁了哦。"

"不挺好的吗？"我不理他，继续埋头画画。

"老女人。"他说。

他真的很讨打。

夏池西说完这句话，却丢下我，嘟囔了一句，就起身径自走进卫生间。不一会儿，哗啦啦的水声传出来。

我没听明白，大声问："夏池西，你说什么？"

"没什么。"夏池西大声地回答我。

不管我怎么问他，他都要赖说我是太喜欢他才产生了幻听。

当时只觉得那是普通的一天，我是到后来才突然想起这件事的，并且诧异，原来关于这一天的记忆并没有消失在平淡如水的日子里。

那一年夏天，对夏池西来说，他收到的最好的生日礼物是Q大附属学校在篮球联赛中取得了第一名的成绩。

在最后一战里，他们跟老牌名校S附属学校对战。那一战相当壮烈，因此我后来常常想起来的，不是夏池西最后决定性的三分投篮，而是他在这一战里表现出的令人震惊的坚韧与智慧。

那一场比赛，我看哭了。

夜幕降临，路灯渐次亮起。我们买了票，站在电视塔楼上，俯瞰整座城市。

满城灯火，灿若星光。

夏池西最后说："联赛结束了。"

当时有飞机从遥远的上空经过，巨大的轰鸣声却毫无阻碍地落了下来，让我分不清辨不明他平静的语气里到底有没有遗憾。

夏池西的篮球生涯结束了，而他的高三炼狱期刚刚开始。

这一年，夏池西像是把之前打篮球的劲儿全部用在了学习上。

高考一结束，就是他们学校的毕业典礼。

夏池西在邀请我参加他的毕业典礼时，我还有些发蒙："怎么不叫夏叔叔和阿姨他们？"

"就在明天啊，他们也来不及了吧。"跟我参加高考时，妈妈全程陪同不同，夏叔叔和阿姨只在高考前打来了电话。

夏池西不耐烦地挂断电话之后，阿姨还特意打来电话麻烦我照顾好那个麻烦的家伙。

因此夏池西高考那两天，都是我在考场外面陪着的。

Q大附属学校的毕业典礼，弄得好像游园会一样。不过，所有家长和学生们都先进了体育馆的大礼堂，校长讲话结束之后，便是班主任老师给大家发放毕业证书。

毕业典礼的高潮，是大家一起站在操场上，随着主持人和音乐声，在烟火辉映的夜空下一起跳兔子舞。

跳着跳着，夏池西拽着我远离人群，走到了篮球架下。

音乐声、喧闹声似乎都离得很远。

我喘着气，一下子靠在篮球架上："怎么了？"

夏池西站在我面前。

我猛然意识到，他看过来的目光有些锐利，神情也很严肃。

这样的夏池西对我来说有些陌生。

他见我盯着他，便微微一笑，问："你今天很高兴？"

我点头："是啊。"任谁一整天都在听着夸奖的话里度过，都会很开心的。

在老师的嘴里，夏池西是一个勤奋上进的人，他团结同学，篮球打得超级棒，深受大家欢迎，还没有落下功课，在学校排名前十。

我笑起来，用力地拍着夏池西的肩膀："夏池西，你真棒！我真为你骄傲！"

他又是微微一笑，那笑容美好得让人神思恍惚。

我们回到了B市一起住的地方，在分开走进各自的房间之前，他忽然说："姐姐，是不是我们在一起太久了，你才没有想过要爱我？"

他用了"爱"这个字。

那一夜，我辗转反侧没有睡着，直到天光乍亮，我迎着从窗帘缝隙里透下来的光，猛然意识到，我和夏池西再也不会回到过去了，我们再也不会回到过去了……

一个不注意，我就哭得满脸是泪。

那一年，夏池西走出了我的生活。

我永远都记得，那个黄昏，我送他到高铁站。在站台上，他劝我快回去，我却执意要看着载着他的火车远去。

　　等火车真正开动起来，我朝他挥手说再见，咧嘴笑得牙齿都露了出来，仿佛在做牙膏广告，其实只是在掩饰汹涌而来几乎将我淹没的难过。

　　最终，他走了。

　　我转身往回走，维持着笑容，却神思恍惚，坐错了车。我明知道自己坐错了车，却仿佛失去了灵魂般，放任自己被那辆不知道开往何处的公交车带走。

　　我坐在车厢的末尾，抱着背包，从狭小的窗户里看着天空。

　　湛蓝晴空，万里无云。

　　整个世界安静得近乎失声。

【4】

　　那一年的暑假我没有回家。

　　在很长的一段时间里，我都不敢给夏池西打电话。

　　那种感觉很奇怪，明明很想念他，但是我心里深刻地意识到一点，这种想念是不可以的。

　　夏池西发疯，可我不能陪着他一起发疯。

　　妈妈五十岁的生日在十月的深秋时节。

　　我必须回家。

　　家里来了很多亲戚，生日宴设在G市有名的福满楼。老爸老妈跟亲戚朋友聊得不亦乐乎，我一个人索然无味，就出去走一走。

走着走着，夏池西突然出现在我的视线里。

几个月不见，他好像变了很多，穿着一件花衬衫，手里拎着超市购物袋，不急不缓地走着。

我左右四顾，才发现不知不觉，我已经走到了家附近。

这个时间，夏池西应该在H大上课啊。

我想问夏池西这个问题，却谨慎地跟他保持着安全距离，怕被他发现。

但他完全没有注意到我在他身后鬼鬼祟祟地跟着他，用一种闲适的姿态大步走着。

牛仔裤衬出他的大长腿，我从来没发现他的长腿居然那么好看。

我觉得我有点儿变态。

明明是我主动拒绝了这个人，此刻却满心甜蜜地偷窥他，跟随他的脚步穿过窄巷、长街、十字路口。最后，到了我们住的小区楼下。

我想我应该装作才回来的样子跟他偶遇，然后说一些无关紧要的话，就像许久之前我们俩疏远了之后那样。

可还没等我走上前，他回头往我这边看了一眼。

目光一下子就对上了。

我的心跳忽然漏了一拍，心中一悸。

他似乎一点也不吃惊，平静地深深地凝视着我，却没有说些什么的打算，甚至在我想说点什么之前，就转身径直上楼去了。

我在原地愣了很久。

而再次见到夏池西，是新年之前的事了。

进入到大三之后，除了学习，我更加烦恼工作的事情。尽管平时绘制插画已经占据了我生活所有的空余时间，但我并不想以绘画为生。

原因是之前因为杂志社的年会，我认识了一直仰慕的画师，结果见识到了他除了绘画之外难以形容的一面，导致我完全不想以后变成那样的人。

因此假期我并没有回家，而是找了个工作开始实习。

那是一家广告公司，我只做一些日常的打杂工作和帮人跑跑腿。

公司按照国家的法定假期放假，要大年三十我才能回家。

临近小年，B市下了一场大雪。洁白的雪将整座城市染白，光秃秃的树枝被白雪包裹，在阳光下反射出晶莹剔透的光。

下班归来的我，在楼下看到了夏池西。

他脚边放着行李，穿着黑色的风衣，双手插在口袋里，白色的耳机线垂下来，衬得他的侧脸分外温柔。

我怔怔地看着他。

他似有所觉，抬头望过来，然后露出一个笑容，很自然地朝我走过来："回来啦。"

他是来接我回家过年的。

事出突然，我很吃惊，但还是同意了，于是马上收拾行李，打电话跟上司请假，但对方并没有同意，毕竟我不过是个实习生。他恐吓我说："要是你回去的话，那之后也不用来上班了。"

尽管我觉得我提出请假的要求很不好意思，但对方的这种态度让我骤然生出了不必再实习下去的心思。

公司的制度并不近人情，我在这家公司实习了两个月，人人都可以喊我跑腿，我做得好没有人夸奖，我迟到一两分钟，便是疾风骤雨的责骂。

虽然我早就心生不满，但到底初出茅庐，不想被人认为我娇气而忍耐了下来。

但这次让我忍无可忍了，因为并不是我一个人请假，公司明明大部分人都能请假，为什么到了我这儿，就这么严苛？还不是欺负我是实习生。平时前辈们让我泡咖啡、下楼帮忙买水果饮料，我都安慰自己说这样还能跟前辈们搞好关系。但现在，无论如何都不想自我安慰了。

"那谢谢您这段时间的照顾。"

挂了电话，我还兀自生气。

夏池西忽然问："阿则以后要留在B市工作吗？"

我摇头："没有啊。"

"那就不要生气了。"夏池西安慰我。

我跟他解释："公司本来是要到大年三十才放假，但大家都不想等到那么晚，可是其他人请假就批准了，我请假就说让我滚蛋，我当然生气。"

夏池西却若有所思："也就是说，你原本打算大年三十才回家？"

我不明其意："对啊。"

他仿佛一下子失了力气般笑了一下。

由于高铁票早卖完了，我们坐的是普通列车，还是硬座，全程需要26个小时。

时间比较长，实习期又累，上车没多久，我就靠在椅背上睡着了。

等我醒过来时，猛然发觉自己居然枕在了夏池西的大腿上。夏池西似乎怕灯光让我睡不好，把手盖在我的眼睛上。我一醒，他就反应过来，拿开手，低着头看向我。

从下往上看，夏池西的睫毛长长的，仿佛蝶翼般。

他对我微笑，嘴角的弧度看起来让人心动不已。

我的脸一下子就热了起来，连忙推开夏池西坐起来，又觉得自己刚刚的动作拒绝的意思太明显，干笑道："有点儿累，都睡得不省人事了。"

夏池西却定定地看着我，过了一会儿，他忽然说："阿则，我们和好吧。"

我移开视线，干巴巴地说："你说什么啊，我们又没有闹什么分手，哪里需要和好。"

夏池西沉默了一会儿，忽然说："我还以为过年你也不回来了。"

我心里痛了一下。

他继续说："就跟你暑假不回来一样。"

我一句话也说不出来。

"就跟阿姨生日你回来了却躲着我一样。"

窗外的天空阴沉沉的，很长一段黑暗过后会有如流星般的灯光一闪而过。半夜的时候，窗外开始下雪。

尽管火车里的空调一直开着，但还是冷。

夏池西找出他的羽绒服盖住我们俩，而后似乎忍不住了一般，在衣服底下握住了我的手。

我一惊，想抽出手来。

他却死死地抓住了我的手。

我看向他，他却只留给我一个冷硬平静的侧脸——

"阿则，我们和好吧。"

眼眶突然一热，我连忙转过头去，不让自己的狼狈被人看见，尤其不想被他看见。

雪花扑簌簌地落在窗户上，发出轻微的窸窣声。那声音虽然轻微，却反复地敲打在我的心上。

我是喜欢眼前这个人的。

我喜欢夏池西。

【5】

G市是完全不同的晴朗天气。

妈妈决定给家里做一个彻底的大扫除，还突然说要收拾那间杂物房给我做画室。

夏池西也来帮忙，爬上梯子把所有灯罩都擦得亮闪闪的。

然而在将家里的旧物清出去的时候，却遭到了阻碍。不单单是妈妈，夏池西和我也有许多东西不愿意扔。

在阳光普照的下午，尽管感受不到太阳的热量，但我们还是兴致盎然地坐在地毯上，清点着那些充满回忆的旧物，有我跟夏池西小时候玩的卡片，还有弹珠、叠好的纸牌。

甚至我还翻出了夏池西写给我的保证书，那是发生在夏池西五岁、我八岁的时候。具体是怎么回事，我想不起来了，只记得夏池西害我受了伤，我哭哭啼啼地让他写下这份保证书——他口述，我执笔。

"我保证不再惹流云则生气，保证保护好流云则，不让流云则受伤。"

有不少字，当时的我也不会写，还是写的拼音。

我拿着这张纸，笑话夏池西。

结果夏池西非要把这张纸裱起来，说："这可是呈堂证供，是你得对我负责的证据。"

我顿时无语。

这明明是他必须对我负责的证据。

大年三十除夕的时候，我们刚把火锅煮上，电话铃声响了。夏池西的妈妈在电话里对我妈妈说："哎呀，我们还是一起过新年吧。"她家的煤气灶不知道怎么回事，打不燃了。

两分钟之后，夏池西一家把他们家准备好的食材都搬了过来。

两位太太占据了厨房，没一会儿就做出了超级丰盛的菜肴。

两位父亲兴高采烈地喝酒，还非要夏池西和我陪着喝葡萄酒。夏叔叔还劝我说："阿则也多来两杯嘛，葡萄酒不算酒，只是饮料。"

我拼命摇头。

夏叔叔又说："就当是锻炼锻炼酒量，以后总有用得上的时候。"

我才不想喝酒呢，说："肯定用不上。"

"你结婚的时候，别人敬你酒，你总不能不喝吧？"

顿时，其他人都哄笑起来。

于是我们所有人都喝了酒，我也不知道自己到底喝了几杯。

我拉着夏池西的手不放，又挨个去搂他们。

妈妈，我爱你哦。

爸爸，我也爱你。

叔叔，我爱你。

阿姨，我也爱你。

哎，夏池西……

我嘻嘻地笑起来，看着夏池西好像很着急的样子，才大声地宣布，夏池西，我最爱你。

后来的事情就记不太清楚了，等再有意识的时候，我已经站在了卫生间的洗漱台前。

夏池西打湿了毛巾，正帮我擦脸。

过后，他牵着我的手，安抚着我躺在床上。

"阿则，你说话要算话哦。"他将棉被拉过来盖在我的身上之后轻声说道。

我努力睁开沉重的眼皮，只迷迷糊糊地看见黑暗中，他坐在床边，只看得清他的轮廓。

"你说什么啊？"我含糊不清地问他。

"你说你最爱我。"他理直气壮地说。

我的脸一下子就烫了起来，也一下子就吓醒了，翻过身，用棉被兜头盖住自己："是啦，我爱你。我要睡了。"

"醒过来不要不认账。"他还不忘嘱咐道。

"吵死了，快滚。"

"一定要记住了。"他纠缠不休。

"滚啦，你好烦。"

听到门被关上的声音，我心里一松，居然没多久就睡着了。

只是第二天天还没亮的时候，我就醒过来了。脑袋很痛，但是很清醒。我就这么清醒地睁着眼睛看着天花板。

大年初一，外面静悄悄的，昨晚绽放了一整个晚上烟火的城市就像一个梦境般。

过了一阵，妈妈走进来，看到我睁着眼睛，愣了一下，坐在了我的床边，摸了摸我的头发。

我忍不住扑进了她的怀里："妈妈，我心里很难过。"

"怎么了？"

"我爱上了一个人。"我小声地说。

我爱上了一个人，但我不该爱这个人，这是不应该的。

所以，就算他反复诉说爱意，我都不能回应。

因为不可以。

妈妈没有说什么，只是轻轻拍着我的肩膀。

从此以后，就是许多年了。

第八章

我曾迷失在你眼睛的汪洋里

——暗恋你的那些年，以及过后的每一年

YOU
ARE THE
FIRST ONE
IN THE WORLD

不记得在哪里看到说最美的一句情话，是这样说的——

螃蟹在剥我的壳，笔记本在写我。

漫天的我落在枫叶上雪花上。而你在想我。

心动那么短，可念你的时光那么长。

暗恋你的那些年，以及过后的每一年

从小我们就在一起，就算其他的小孩子笑话我跟女生一起玩，但我还是很喜欢跟你在一起。

骤然分开之前，还不觉得有什么，真正隔得山重水远，才发现变化是翻天覆地的。

只有我一个人的日子，很无聊。

那个时候，你来学校看我，我就欢天喜地。

朋友都开玩笑说我喜欢你。

我当时只当是玩笑，那个时候什么都不懂，他们却总是在我面前提起你。

而发觉自己喜欢你是因为你看顾原的眼神。

你看我的时候，从来都不会那样，看得眼睛都直了。

我讨厌顾原，想打败他，而篮球真的很有意思。

我很感激你，让我知道了打篮球是那么有意思的一件事。

当时齐为民教练来跟我搭话的时候，我是完全没有想过要去B市的，尽管我热爱篮球，但我还没有热爱它到不顾一切的地步。

可是你去了B市念大学，而不是离G市只需40分钟高铁的H大。

我已经不想跟你分开那么远了。

可是，就连我妈妈都察觉到了我居心不良，你却一点儿都没有意识到，就算我说了那么多"我的女朋友是你"的宣言，你也没有把我当回事。

最让我生气的是，原白向你告白，你居然傻兮兮地跟他对视那么久。

事后我找到原白，跟他一对一单挑。

当然，原白输得很惨。

我警告他："流云则是我喜欢的人，所以，你不可以！"

只是，就算我打败了你身边所有喜欢你的人又怎样，你还是完全看不到我。

我跟自己打了个赌，要是篮球联赛最终我们赢了，我就向你告白，不管你答不答应，我都要告诉你，我喜欢你这件事。

我喜欢你这件事已经让我无法忍受了。

但是结果如我所想的那样，你惊讶且慌乱地拒绝了我。

只是我没有想到，你会开始疏远我。

我都想好了，要在你面前好好表现，好好地展示一下我已经长大了这个事实。结果，你却直接避而不见。

我喜欢你，就那么让你难以接受，不能忍受吗？

那我不喜欢你了，我们和好，可不可以？

过年的时候，你说最爱夏池西，我都要高兴疯了。

但紧接着，第二年，暑假你没有回来，寒假你带着叔叔阿姨去海南旅行过年。

第三年，你说好要回来工作的这一年，你食言了，你留在了B市。

我想了很久，最终接受了教授的提议，接受了美国大学伸出的橄榄枝，成为了我们那一届的交换生。

飞机起飞的时候，我握着关了机的手机，默默地跟你说了一声"再见"。

多么奇怪啊，过了那么多年，我依旧喜欢你喜欢得不行。

【1】

回到G市，看到熟悉的建筑物，一瞬间，我有些恍惚。

三年来，发生了不少事情。

比如夏池西一家搬离了住了二十多年的小区，搬去了城东知名的别墅区。又比如，夏池西去国外当交换生已经一年了，听说，他打算在国外念完研究生再回来。

大年三十，吃过年夜饭之后，我就被妈妈打发出去逛街了。她说今晚有庙会，非常热闹，年轻人就应该去凑热闹。

G市的烟火是在河边统一放的，于是我沿着长街往河边走。

　　一路上居然遇到了高中同学，他们浩浩荡荡的有七八个人，除了安笙之外，我一个也叫不出名字，但他们一下子就喊出了我的名字。说了目的地，当然是一致的，于是就一起热闹地走着，火热地聊着天。

　　还没等我们走到河边，烟火会就开始了。

　　烟火在我们头上盛开，五彩光芒流泻着，留下瞬间斑斓的印记，又霎时消散。

　　四周挤满了人。

　　路边密密地排列着小摊。

　　热闹的气氛叫人兴奋得头晕。

　　我看上了一盆小巧的花，掏钱买时，却发现不知道什么时候钱包不见了。

　　真是无奈，大年三十的。

　　我只好放弃这盆花，朋友说："我买来送给你啊。"

　　我连忙推辞："不用啦，不用啦。"

　　继续往前逛的时候，我有些意兴阑珊，总有些神思不属的，总觉得接下来会发生不好的事情，却又安慰自己说是因为丢了钱包心情不好心神不宁才胡思乱想。

　　人群很挤，将我推得跌跌撞撞的，不小心还被人踩了几脚。

　　我瞅准了摊位之间的空隙，挤了出去，刚松了口气，一转头就看到了高高的路灯下，一大片呼啦啦转着的彩色风车前的夏池西。

　　我眨了眨眼睛，又揉了揉眼睛。

　　夏池西还站在原地，证明不是我出现了幻觉。

好几年没有见到他，他还是老样子，那样高，那样好看。我一下子有些着急，想挤过去跟他打招呼，问他好不好。

走近了，我看清了他的脸。很奇怪，他的眉眼唇都显得很柔和，跟记忆中的他完全不一样。

我正要推开前面背对着我的女孩，才发现他的目光平静且温柔地落在了那女孩脸上。

他们在说话。

明明离得这样近，我却听不明白他们在说什么，只有几个词语传入耳朵里，迟钝的大脑却分析不出那几个词语到底是什么意思。

我慢慢地往后退，退到隔壁卖气球的摊子旁，挑选了几个气球拿在手里，挡住脸。

我应该要快速地离开的，但我的脚好像被钉在地上了一样，完全挪不开。

耳边突然传来夏池西的声音，他说："呃，阿则，好巧啊，你也在这里。"说着，他拨开了挡住我的脸的气球，笑嘻嘻地看着我。

不知道为什么，那一瞬间，我特别想哭。

夏池西介绍说那女生名叫温柔，是他的大学同学，一起从美国回来的。

后来我才知道，这个女孩子是夏池西的高中同学，为了夏池西从B市考上H大，然后又跟着他出了国。所以说，现在的女孩子真是了不得，为了一个人，就不管不顾了。

夏池西邀我跟他们一起走。

但我拒绝了。

难受和尴尬令我一秒钟都待不下去了，幸好安笙她们发现了落单的我，找了过来。

我松了一口气，带着笑跟他们告别。

我到家没多久，夏池西就打来电话。

妈妈跟他聊了半天，然后嗔怪我："你晚上见到小西了，怎么也不跟我说一声？幸好小西记得我们，还打来电话拜年。"

然后，妈妈推了我一把，说："我把你的手机号码告诉他了，你丢手机换号码的事没有跟小西说吗？"妈妈唠叨着，"你们俩好几年不见，肯定有很多悄悄话要说吧，快去快去。"

我没想到，夏池西跟我说的第一句话是问我："你觉得温柔怎么样？"

我今天第一次见她，我怎么知道她怎么样？

"长得很漂亮，性格落落大方的样子。"但我还是这么说。

夏池西跟我说话的时候，她站在一旁，恰到好处地微笑着。夏池西邀请我一起逛时，她也没有露出不开心的神色，反倒大大方方地附和着。

她和我认识的陷入爱情里的女孩子完全不一样。

就比如我，实实在在地嫉妒着，完全做不到这么坦然自在。

夏池西又问："你会喜欢她吗？"

我一时错愕，下意识地脱口而出："为什么我要喜欢她？"话才说出口，我就明白自己说错话了，顿时屏住呼吸等待夏池西的答案。

夏池西反倒不说话了。

一时之间，沉默蔓延，我只听得到彼此的呼吸声通过电波传送。他没有出声，也没有挂断电话，我也没有说话，也舍不得挂断电话。

最后我的手机发出刺耳的"嘀"的一声，没电关机了，我匆匆忙忙地找出充电器充电。看着亮起来的屏幕上绿色的充电标志，我忽然不敢开机了。

没有再见之前，我还可以骗自己，不管什么最终都会被时光抹平，而现在我却害怕我还在喜欢着夏池西，而夏池西明明已经有新的喜欢的人了。

可以肯定的是，温柔对于夏池西的意义不一样，我从来没见过他对哪个女孩子笑得那么温柔。

而且，这是大年三十。

有哪个普通朋友会在大过年的时候，去到另一个人家里过年呢？

他们的关系显然不一般，应该是男女朋友。

并且，他还问我你会喜欢她吗？

他是担心我不喜欢她吗？

他是觉得我不喜欢她会让他为难吗？

不管是哪一个问题的答案，我都不敢去深究。

我甚至开始怀疑，夏池西就是故意要我问这些问题来让我难过的，就是为了惩罚我曾经做了伤害过他的事情。

一整个晚上，我都在为这件事而难过。

第二天早上，手机闹铃吵醒了我。我摁掉闹钟的时候，才发现夏池西后来发来了一条短信。

他问我——

你好不好？

我没回复。

因为我不知道回复什么好。

【2】

大年初三的下午，我从姑姑家吃完午饭回来，看到夏池西站在我们家小区楼下。他买了电影票，问我要不要一起去看电影。

我问："温柔呢？"

他说："她昨天就已经回去了。"

可明天就是2月14日情人节啊。

我有些吃惊，不知道该不该跟他去看电影。正踌躇间，就听到他说："本来你就欠我一场电影、一顿饭，今天一定要让你大出血。"

果然我大大地出了一回血。他选了G市唯一的一家法国餐厅，贵死人，分量却少得可怜，还点了一瓶拉菲红酒。

我需要庆幸他点的不是传说中的82年拉菲红酒吗？

电影院离吃饭的地方很远，饭后，我们打车去电影院。

看的是一部美国科幻大片。

还是跨越种族的恋爱。

我印象最深刻的是在战火纷飞的时刻，男主角背着女主角在一条并不隐秘也不安全的小巷子里穿行。

女主角伏在男主角的背上，突然说了一句："I love you。"

男主角的脚步停了一下，却没有回头，也没有说话，只是在心里回了一句："Me too。"

这显然是一个悲剧。

故事的结尾赚足了眼泪。

看完电影出来，我说："回家吧。"

他答："不，今天还要玩。"

明明天色渐晚，可不知道为什么，我觉得我们很久都没有这样放肆地一起玩过了，于是我点头同意了。

在路边的小店买了两桶爆米花，我们一人手里拿着一桶，在街上闲逛。

到处都冷冷清清的，空中飘着细细的雪花，很快地面上就铺了一层薄薄的雪。

我们兴高采烈地踩着雪，听着脚下"咯吱咯吱"的响声。

"阿则。"

他突然走到我前面蹲下。

"干吗？"

"我背你。"

"为什么？"

"上来就是了，问那么多。"他催促道。

从我的角度看过去，已经长大了的夏池西的背部厚实而宽阔。应该是刚刚被他看出了我很喜欢电影里那个情节。

他还在催促，我受不了这样的诱惑，俯身趴在他的背上。

他站起来，我晃了一下，下意识地抓紧他的肩膀，却笑了起来："原来上面的空气真的比较好啊。"

他没有说话，沉默地背着我沿着街边走了一段路之后，就拐进了一条狭长的巷子。

巷子两边的墙很高，墙内的绿树长枝越过墙生长出来。

小的时候，我们都很喜欢这样的巷子。

夏天的时候，举着长长的网兜捕蝉；秋天的时候，偷偷摸摸地举着竹竿想要将树上成熟的果实敲落下来。

墙上通常会有一些小孩子乱七八糟的涂鸦，也有宣传标语。

灯光从遥远的地方照射过来，巷子里很黑。

脚步声却传得很远，单调地引来回音。

夏池西安静地走着，脚步不急不缓。

我在他背上问："夏池西，你到底要干什么？"

他却说："你台词没说对。"

果然是因为刚刚我很喜欢电影里的那一幕被他看出来了。

我不知道该怎么回应，却听到他小声却清晰地说："Me too。"

一下子，一股奇异的感觉席卷了全身，好半天我都沉浸在这种奇异的感觉里，完全说不出话来。

"果然这种感觉很赞，背着女孩子走过寂静的既不隐秘也不安全的巷子，果然是一件很浪漫的事情。"他说，"是值得记一辈子的事情。"

巷子很快就走完了，他却并没有把我放下来的意思，而是继续沿着街道往前走。

我下意识地回头看了一眼我们走过的巷子。巷子口一片黑暗，看上去有几分阴森，还有几分可怖。

但他背着我走过时，就真的如他所说的那样，是一件很浪漫的事情，是一件值得记一辈子的事情。

夏池西送我回到家。在楼下，他朝我挥手说再见的时候，我忽然生出了一种他说的再见其实另有意思的感觉。

到了楼上，我收到了他的短信。

他说："老想着你欠我的这些事情，今天终于如愿，很开心。谢谢姐姐。"

他叫我姐姐。

他好几年前就不太乐意叫我姐姐了，现在他叫我姐姐。

我一下子就明白过来了。

他终于如我所愿地往后退了一步，回到了我们都应该处在的位置。

我拿钥匙打开门，妈妈跟我打招呼，还问起夏池西，我回了一句："他回去了。"

"大过年的，你也不叫他来家里坐一坐。"妈妈埋怨道。

我推开了卧室门，将妈妈的抱怨声关在了门外。门锁发出了"咔嚓"一声响，仿佛是一个信号般，浑身的力气被抽走，我软软地滑坐在地上。

屋子里没有开灯，黑暗将一切都掩盖。

我悄声问自己："你难过不难过？"

在这一片寂凉如水的暗夜里，我只听得到自己的声音，空旷里似乎还带着回音。

我自问自答："笑起来的时候很难过。"

明明是笑不出来的，但我还是忍不住咧开嘴笑了，只是笑着笑着，胸腔里仿佛塞满了棉絮般透不过气来，用手捂住脸的时候，我才发现自己不知道什么时候已经泪流满面。

我突然养成了新的习惯，每天起得很早，跑步去夏池西以前念的高中学校的操场跑步。在晦暗的晨光里，一圈一圈地跑，跑到肺都要炸了，却还是不想停下来。

B市，Q大附属学校，我们租住的房子，每一处都有夏池西的影子。

有一次我感冒了，窝在被窝里睡得迷迷糊糊的，却仿佛听到了夏池西的在厨房里弄出的响动。

我大声地喊："我不要喝粥，难受，我要吃面条，多放点酸豆角。"

那些响动戛然而止，我骤然醒过来，却只看到关紧的窗帘后面透进来的微光。

拿手挡住酸涩的眼睛，却挡不住突如其来汹涌的泪水，我不得不承认，我没有出息，我竟然思念那个家伙到如此地步。

【3】

自从给我发了那条短信之后，夏池西就再也不肯主动联系我了。而我觉得他既然已经属于温柔小姐了，那我就不该过分地去关注他，也避免打扰到他们。

只是就算刻意回避夏池西的消息，但以我妈妈和阿姨的关系，关于夏池西的点点滴滴还是会传到我的耳朵里。

我知道他很好，而且是越来越好。老师很赏识他，就连实习时的上司都很喜欢他，开出优渥的条件要将他留下来。

我拼了命地克制，才没有追问夏池西是不是真的想留在国外，再也不回来了。

只是晚上，我做了一个陷入深海里的梦。

陷入深海里的人不是我，而是夏池西。

他安静地沉睡在湛蓝的海洋深处，随波逐流。

我张嘴无声地喊着他的名字，他却无动于衷。于是我急迫地跳进了海水里，拼命地想要靠近他，却始终只差一步。眼看着起了风，渐渐狂风大作，一切翻天覆地，我越是着急，夏池西就越发飘远。

这只是一个梦。

在梦里我也这么反复地告诉自己，只是我无法控制浓浓的恐慌铺天盖地沉沉地碾压过来。

我失去了夏池西。

醒过来之后，夜依旧深沉。心里空落落的，好似还沉浸在坠入深渊的绝望中回不过神来。我打开电脑，登录QQ。

我知道这么晚，可能会遇到夏池西，但我不得不承认，我就想要确认夏池西还在。

夏池西果然在线。

只是我反复地打开对话框，却不知道该从何说起。

我迫切地希望夏池西能够发现我在，能够给我发来只字片语，只要随意的一句话，就能驱走梦里那股冷到彻骨的寒意。

只是我等了好久，等到夏池西的QQ头像都灰暗了，他都没有给我发来一句问候。

是因为已经有了温柔小姐，所以对姐姐就完全视而不见了吗？

尽管我知道我这样的怨怼没有任何道理，可是我还是怨怼着，怨怼夏池西这么欢快地开始新的生活。

我也要开始自己的新生活才是。

实际上我现在的生活分为两大块，躲在租来的房子里，拼命地赶画稿；每周两天去工作室，跟编辑开会。偶尔大家一起聚个餐，但大部分的时间还是消磨在画室里。

所以尽管我渴望开始一场新的恋情，但实际上压根不知道怎么去开始。

而这个时候，妈妈打来电话，声音沉痛地说："阿则，你外婆去世了。"

我很快收拾了几件必需品，匆匆忙忙地登上了回家的火车。事发突然，我只买到了半夜一点的火车票。上车之后，我躺在柔软的下铺，拿着手机看小说，只觉得眼睛酸痛，什么也看不进去。

火车快速地行驶，发出哐当哐当的声响。

我最终将手机搁在一边，坐了起来。窗外偶然有流星飞火似的光一闪而过，深沉的黑暗像一块铅重重地压在我心头。

在让人昏昏欲睡的暖气中，我就这样一直呆呆地看着窗外，看着我落在玻璃窗上的影子。

我们安静地互相对望。

最终我输了，趴在床铺之间的小桌子上，拿着放在桌上的别人的零食袋遮住了自己的狼狈。

从我有记忆起，对外婆和外公的印象就是，他们固执地住在乡下，不肯进城来跟我们一起住。

而他们总是过分关注我的学习成绩，比父母更加严厉地苛责我的一言一行，让我对他们并没有多少好感。

直到小学五年级的时候，我第一次离家出走。那也是像现在这样一个寒冷冬季，比现在更冷，才十一月，就到处挂上了冰凌。出走的原因我记不太清楚了，可能只是因为我想要养一只邻居家那样的猫吧，但妈妈死活不同意。

我跟她大吵一架，爸爸也不站在我这边。

终于，我在他们的责怪声中，决定离家出走。

我偷偷地打包了鼓鼓囊囊的行李，把最暖和的羽绒服拿出来，戴上围巾、手套，趁着妈妈没注意，快步走出了家门。只是一出门，我就遇到了夏池西。他蹲在楼道口弹弹珠，身上只穿着一件毛衣，外套不知所踪，脸冻得发白。

"姐姐，你要去哪里？"他问我。

"我很生气，要离家出走。"我对夏池西还是没有防备的。

"那你是要回娘家吗？"他好奇地看着我。

我有点儿纳闷："回娘家？"

"对啊。我妈妈每次跟爸爸吵架都会回外婆家。"夏池西说道。

是这样吗？吵架就要去外婆家吗？

那我也去外婆家好了。

"姐姐，我跟你一起去。"夏池西揪住了我的衣角，亦步亦趋地跟着我。

"那我要去流浪呢，你也跟着我？"

"嗯。你去哪里都要带着我。"夏池西肯定地说道。

按照脑海里对爸爸妈妈带我去外公外婆家的路线的记忆，我去了汽车站。身上的钱只够买一张车票，于是我和夏池西挤在一个座位上。

那时已近深冬，汽车行经之处，都是荒凉枯萎的景致不说，偏偏车上的暖气还坏掉了，我和夏池西冷得抱在一起发抖，还不忘好奇地看着窗外闪过的景色。

这一路行驶了两个小时，后来我们俩都乏了，忍不住在车上打起盹来。

我没想到，车子停在外婆家的镇子外，外公和外婆就跳上车来，将我们叫醒了。

我还茫然不已，外婆已经一把将我抱起来，嘴里说道："你这个傻囡囡，你这个傻囡囡。"

后来在妈妈的责怪声里，我才知道，我不见了，他们到处找我，外婆知道后，固执地认定我肯定会去找她和外公。外公拗不过她，只好陪着她顶着寒风，站在路边等经过镇子的汽车，拦下每一辆汽车来找我。

我一直以为，外公外婆跟爷爷奶奶一样，因为我是女孩子而不是很喜欢我。

妈妈听了我的话之后，沉默了很久，才告诉我："他们不是不喜欢你，而是怕你不够优秀,不被别人喜欢。"

小时候的我并不明白这个道理,直到长大后才理解。

爱之深,责之切。

火车抵达G市之后,隔着玻璃窗,我看到了夏池西。

他缩着脖子站在站台上,竖起衣领,注视着慢慢停下来的火车。

那一瞬间,我仿佛听到了风在不可思议地歌唱。我甚至都不敢眨一眨眼睛,生怕自己只是因为思念过度而出现了幻觉。

我下了火车,慢慢地朝夏池西走过去,直到站在夏池西面前,我都难以置信。

"夏池西!"我小声地喊,生怕声音大了,就会让整个梦境破碎。

【4】

葬礼是老式的那一套。

所有亲戚都披麻戴孝,守了好几天的灵,还请了有名的法师来主持。香烛一直没有断过,手工碾制的纸张很快被火焰吞噬化为飞灰。随着法师的唱词,我们一次又一次跪下、起立。在哀戚悲凉的声音里,一切都那么光怪陆离,显得特别不真实。

最后送往火葬场的时候,我被留下了,因为我是女孩子。

送葬的车队从镇子里开出去,我一直站在街边。

很快车队不见了,我只觉得一片茫然。之前,我一直没有哭,却在那一刻，哭得撕心裂肺。

而夏池西一直站在我身后。

葬礼结束了。住在老房子里，我睡得很不安稳，半夜醒过来，却听到客厅里有人在哭。霎时，我就清醒了，却在打开卧室门前呆住了。

哭的人是我的妈妈，安慰她的人是我爸爸。

我听到我妈妈哭着说："我没有妈妈了。"

我缩回了放在门把上的手，蒙住了眼睛。生死无常，憎别离。

拿到骨灰盒之后，还要送到山上的寺庙供奉起来。仪式结束后，在正殿的观世音雕像前，我奉了香，却不知道该许什么愿。

我和夏池西走在萧瑟的景色里。

大人们还要进行其他仪式，就放任小孩子随意走动了。

按理说，我似乎应该询问本应该在美国的夏池西怎么会回来的。但是，不知为何，我毫无兴趣，也提不起力气去问。

只是这样安静地一起走着，就让我感觉到了宁静。

但夏池西主动提起了："其实，我已经回国3个月了。"

他这样说的时候，我非常吃惊。

"7月份就要毕业了，我并不想留在国外过一辈子。"

我猛然惊觉，我以为过去了许多许多年，实际上，距离他高中毕业向我告白，也只过去了4年；距离他大二成为交换生去到国外，被留在国外深造，其实也只过去了3年；而他带着温柔小姐回到G市过新年，其实也只是去年的事情罢了。

"为什么？"

"什么为什么？"夏池西的眉毛皱了起来。

"为什么不留在国外呢？国外的条件比较好，不是吗？"

沉默了一会儿，夏池西问："你想我留在国外？"

我不想。

但我不能说我不想，于是我闭上了嘴巴。

"你就那么不喜欢我，不愿意看到我吗？"

我吃了一惊："哪有的事，我没有不喜欢你，也没有不愿意看到你。"

夏池西盯着我看了一会儿，之后移开视线，声音平平地说："不要勉强自己说言不由衷的话。"

"我说没有的事。"

"有的事。"

我无奈极了："别那么幼稚好吗？夏池西，你已经不是小孩子了。"

"你真的不把我当小孩子看吗？你真正关心过我吗？"夏池西停下脚步，正对着我，并不等我答话，而是咄咄逼人地一句接一句质问，"你知道我什么时候回来的吗？你知道我现在的手机号码是多少吗？你什么时候问过我一句我好不好吗？"

我说不出话来。

关于他的一切，我都不应该过多地关心，所以我屏蔽掉了关于他的信息，固执地认定关于他的一点一滴都是属于温柔小姐的。

他看着我，目光渐渐充满失望，也不说话，而是在路边横着的树干上坐了下来，手肘撑在膝盖上，双手交握，微微歪着头盯着我。

他有些生气了。

这个时候不管怎样我都不应该生气的，但怨怼一旦冒出头，情绪就有些不受控制了："你不是已经开开心心地开始了很好的生活吗？这些不用问，我也知道。"

气冲冲地说完这句话，在夏池西微怔的表情里，我才意识到自己的愚蠢。我咬住下唇，转身离开。

等我一步一滑地下了山，回头看着茫茫来路，夏池西的身影早就看不见了。

明明说过不管我去到哪里，也会跟去哪里的。

那些幼稚的承诺早就变成沙随风而去了吧。

当我回到老宅时，舅妈告诉我，夏池西已经走了。

舅妈很快有事去忙了，大堂里只剩下我一个人。老宅里没有空调，只有烧着炭火的炉子。火炉上放着水壶，已经烧开了，白色的水汽从壶嘴里氤氲出来。我裹着毛毯坐在旁边的长凳上，怔怔地发呆。

不知道谁经过，手机响了。

那是一首粤语歌，我听了一会儿歌词，苦笑了起来。

他都不算很有趣

为何我遇见别人都闷极入睡

碰见他总是自然谈下去

让人幻想可以谈下去

结合成伴侣

可惜他有爱侣

221

我还可怎么争取

投契却得不到世人的允许……

歌词的含义很简单，就是他有女朋友了，我还怎么可以去争取，就算喜欢也不会得到世人的允许的。

我反复地咀嚼这几句歌词，想了想拿出手机连上网络，搜索这首歌。歌名很直白，《可惜他有女朋友》。我对粤语的理解并不深，看了半天歌词，最终索然无味地将手机放在一边。

只是时间不够长，而夏池西又总在我需要的时候出现，令我念念不忘。

只要时光慢慢地走，遗忘肯定会不知不觉发生。

终将有一天我也会忘记我曾经那么喜欢夏池西，喜欢到怅然若失。

接下来的两个月发生了很多事情，爸爸在上班的路上出了车祸，接着妈妈因为肠胃炎住进了医院。

最终，我放弃了B市的工作，辞职回了家。

因为临近新年，我就没有去找新工作，而是在家专心致志地照顾爸爸妈妈。

一月中旬，过年前大采购时，我居然在商场遇见了以前的同学梅颖。要不是她叫出了我的名字，又在我讶异茫然的目光里指着自己说"我是梅颖"，我还真是认不出她来。

她跟中学时代相比，完全不一样了。但要问到底哪里不一样了，我却说不出来。中学最后一年的记忆太过痛苦，一离开那里，我就将其他所有人都抛在脑后了。

梅颖却有些感慨："你真是一点儿都没有变。"

我却不想跟她叙旧。

她有些踌躇，但最终还是告诉了我："你知道吗？顾原和宣琴上个星期结婚了。"

挥别了她，采购完毕回到家，将东西往冰箱放时，我才猛然想起顾原和宣琴是谁。

真奇怪，当时恨极了这两个人，现在却完全想不起他们的名字所代表的面孔是哪一张了。

【5】

晚上跟妈妈窝在沙发里，我跟妈妈说起这件事。

从B市回来之后，我跟妈妈亲密了很多，几乎无话不说。我们如斯亲密，但常常不过一秒就彼此嫌弃，只是嘴上吵吵，实际上却没人生气。

妈妈听完我年少时的故事，忽然若有所思："说起来，过完年，阿则，你就又老了一岁啦。"

我呆了一下，尖叫起来："我怎么就老了？"

"过了二十岁，就号称几十岁的人了，还不老吗？"

啊，怎么被她一说，我好像真的很老了似的！

我好崩溃。

妈妈又说："这么大年纪了，是该嫁了。老实说，你交男朋友没有？"

我又呆住了，热气一下子涌上脸颊。我拿起遥控器换台掩饰："什么啊，我还小，还不急着找男朋友。"

"小西前年都带女朋友回家了，你还不去找男朋友谈恋爱，等小西结婚了，你还孤家寡人像话吗？"妈妈的语气简直是恨铁不成钢。

温度一下子就消失了，我心里沉了沉。

原来，连妈妈都知道了夏池西前年带着温柔回家过年这件事。

突然就觉得待不下去了，我匆匆地说"电视一点儿都不好看，我去玩会儿电脑"，就躲开了。

大年三十，接了在医院做复健的爸爸回来，一家人吃了热闹的晚饭之后，就守在电视机前看春节联欢晚会。

这一次，连爸爸都鼓励我去找一个男朋友，谈谈恋爱。

他语重心长地对我说："你也不小了，也该考虑考虑人生大事了。"

我真是哭笑不得，完全不知道该说什么。

倒是妈妈忽然说："前天遇到夏池西的妈妈了，我们还说起小西的女朋友，结果她说那不是小西的女朋友。只是家里发生了事情不方便回去，又正好那一年我们G市举办庙会，就跟来凑个热闹罢了。"

我的心一下子就狂跳起来。

"夏池西没有交女朋友？"

"对啊。美惠（夏池西妈妈的名字）也很苦恼，中学时有很多人喜欢小西，但看他完全不为所动。去美国留学的时候，还担心他会喜欢上外国女生，结果还是单身一个人回来了。问他，结果丢下一句，现在没有心思谈恋爱。真是——阿则，你可不能像他那么敷衍啊！再拖下去，你年纪大了，就嫁不出去了。"说着说着，妈妈把矛头对准了我。

我却完全不在意了，心跳得厉害，联欢晚会到底演了什么也不清楚。

突然，眼前就陷入了一片黑暗。

在这举国欢庆的大好日子，居然停电了。

我也不知道怎么回事，脑子一发热，就跑去了夏池西家，跟他说新年快乐。

这么做的后果就是，十几分钟后，我们提着半打啤酒，坐在小区的院子里，看着大人小孩因为停电而纷纷走出来放烟火的场景。

大家笑啊闹啊，不亦乐乎。这个停电的大年三十，居然比往年任何一年都要热闹。不知道是谁，还搞来两个大喇叭。男女老少就在小区的广场上又唱又跳的。

我也被人拖过去跳了一会儿。烟火忽明忽暗的光芒里，我看到夏池西在人群中无可奈何的笑脸。

这种热闹一直持续到十点多，来电了。

路边的灯亮起之后，大家先是欢呼，之后就散开了。

没一会儿工夫，广场上只剩下我跟夏池西。

还好大家都比较自觉，大部分人带走了自己的垃圾，却还有一些瓶瓶罐罐和烟火绽放后留下的碎纸屑。

直到把那些瓶瓶罐罐和塑料袋丢进垃圾桶，夏池西才直起身，看着我笑道："好啦，我送你回去吧。"

我微笑地点了点头，跟着他，往马路那边走去。

街上几乎没有人，更别说车了。

走了一段路，我感觉有些冷，接连打了好几个喷嚏。

夏池西有些懊恼地抓了抓头发："我应该先带你回家，开车送你的。"

他仿佛是下定决心般，停住了脚步："还是回我家吧，吃点感冒药，家里也有客房，睡一晚上，明天早上起早一点儿，我送你回去。"

我摇头，说："没事，就是鼻子有点儿痒，不会感冒的。"

夏池西无奈地看着我："流云则，你就不能不那么倔强和自以为是吗？"

我承认他这句话伤到我了，只觉得眼眶一热。我连忙揉了揉鼻头，把眼泪逼回去，但还是很憋屈："我怎么倔强，怎么自以为是了？"

"就像刚刚那样，明明知道要感冒了，还非要犟。"夏池西说。

"你这样说，我很生气。"我说，声音有些颤抖。

街上空荡荡的，四周高楼里的灯火就像遥远的星光，沉默地俯视着我们。

夏池西叹了口气，走上前一步，手放在我的肩膀上，说："好了，我们不吵架了，先回我家，我开车送你回去好不好？"

"一点儿都不好！今天必须把话说明白了，不说明白就不过年了！"

他看看左右，又看看我，忽然，搭在我肩膀上的手一用力，咬牙道："说明白什么？说我还是很喜欢你，说你一直躲着我，说为什么你今晚突然跑过来？"

"刚刚说的不是这些，明明是你说我倔强，说我自以为是！我没有感冒，我只是想跟你一起走回去，就像很久以前一样，不行吗？"我用手推了一下他，却被他占尽身高优势，完全动弹不得，只能吼道。

"笨蛋流云则，你到底明不明白我话的重点？"他也在我耳边大吼道。

"你才是笨蛋！"我怒道。

"你是笨蛋！"他毫不犹豫地反驳道。

我一时气结，半天说不出话来。

夏池西却忽然松开我，转而懒洋洋地把下巴搁在我的肩膀上。

"夏池西，走开，你这样让我很难受。"

"你有我难受吗？"夏池西含糊不清地说道。

"那你站好了。"我推推他。

"不要。"他耍赖，忽然侧了侧脸。

"喂。"他说，"你喜欢我，对吧？"

【6】

第二天早上，我把自己整个人都埋进被窝里，不想起床来面对这个世界。

妈妈催促了好几次，家里客人来了好几拨，好不容易安静了，我才起来洗漱，出了房门就看见妈妈和阿姨在喝茶闲聊。

想到昨晚夏叔叔和阿姨开车找到我们时，我和夏池西正抱在一起哭的场景，我的脸有点儿僵。

正想偷偷摸摸地去厨房找东西吃，就听到阿姨问我："阿则啊，感冒好点儿没有？"

我是真的没有感冒啦。

虽然昨晚一直在打喷嚏，但睡了一晚上就神清气爽了。

"嗯。"但我还是快速地躲进了厨房，哼哼一声算是回答。

结果，阿姨居然提起昨晚的事，说到我突然跑过去，夏池西虽然吃了一惊，但一下子就高兴起来了。

"他们从小就很亲密，这么多年不见，早先还你躲着我我避开你的，还以为发生了什么不愉快的事情呢，结果一转身背着我们，就抱头痛哭了。"

妈妈附和道："是啊，是啊。阿则一发生事情，小西就紧张得不行，之前外婆去世的时候，明明特意去接阿则了，结果一路上，两个人都冷战不说话。还以为他们两个人这次是闹真的呢，结果到过年阿则就忍不住了，哈哈。"

"就算阿则忍得住，小西也忍不住啦！我看他一直在看手机，用脚指头想也知道他肯定会打电话给阿则。"阿姨也笑着说道。

我黑着脸，站在厨房门口，说："喂！"

妈妈瞟了我一眼，问："干吗？找不到吃的啊？"

"我说你们不要当着当事人的面那么大声地议论好不好？"

结果两个女人不约而同地用不可思议的目光看着我："你不觉得当着你们的面讨论这个才更有意思吗？"

大年初五，一直不见影子的夏池西打电话给我。

"阿则，我想带你去一个地方。"

"呃？"

"还记得Q大附属学校篮球队的简单不？"

"记得啊。"第一眼看到那个家伙，觉得他懒洋洋的，接触后才发现是个面冷心热的家伙。

"他要结婚了。"

"什么？"我一下子就从画架旁站起来，"我没记错的话，他跟你差不多大吧？"

"比我大一点，反正到法定结婚年龄了。"

"这个年纪结婚未免也太早了一点吧？他不会是干了什么坏事吧？"

"你想什么啊，人家青梅竹马，毕业就结婚，也很正常啊。"

"青梅竹马？"

"对。你没见过正常的，我们也没见过，简单那家伙把他女朋友藏得很紧。"

"哦……"

"和我一起去参加婚礼。"

"哦……"

"他们的婚礼不在B市举行。听黄道说，他们搞了一个什么捐助结婚，要给希望小学捐赠两座图书馆。我们准备十二号出发，一会儿我发给你书单，我买了一部分，剩下的就交给你了。"

"啊……"

"就这样啦，再见。"他挂了电话。

结果我们一行人，几辆大卡车，沿着高速公路走了两天才到达目的地。

简单的新娘是一个看起来非常时尚的姑娘，干净利落的短发，一看就知道价格不菲的穿着。让人完全想不到，就是这样一个姑娘，却一直在支教。

把办婚礼的花费和大家要给的红包，资助办图书馆，也是这个姑娘的手笔。书单上的每一本书，都是她从成千上万的书里挑选出来的。图书馆的建造，她也拉到了赞助。

最终，我们把图书运到当地，参加了图书馆的开馆仪式之后，才是他们正式的婚礼。

以天为幕，以地为席，以天地为证。

代表朋友们致辞的是他们篮球队的黄道。

他也是至今还活跃在篮球场上的唯一一个，如今已经有一米九四的个子，西装革履，站在最前面。

他先清清嗓子，然后大概是要从口袋里掏事先准备的演讲稿。结果掏了半天都没掏出来。

最终底下一个声音大叫着："队长，你的演讲稿在上衣口袋里。"

他一摸果然是，底下顿时发出一阵哄笑声。

我也笑了起来。

夏池西站在我旁边，说："我结婚，一定不请队长致辞。"

我忍不住转过头来看他，视线却正好跟站在夏池西旁边的原白对上了。

原白朝我微微一笑。

这不禁又让我想起他在雪花扑簌的那天递给我一罐温暖的牛奶咖啡这件事。

他一点儿都没有变，眼睛清澈，一眼就能看到底。

夏池西侧了侧身，将我们俩的视线阻隔了。

我有些奇怪地挑起眉："干吗？"

原白却"扑哧"笑了一声。

夏池西用手肘撞了原白一下，原白露出讨饶的表情，举起双手做投降状。

我更奇怪了："你干吗啊？"

而这时黄道的致辞结束了，我们用力地鼓掌。之后，Q大附属学校篮球队的队友们聚在一起，大家都西装革履，说笑间竟然还是跟过去一样放肆。

说着说着，简单带着新娘子走了过来，看到我，他笑了起来："哎，夏池西的姐姐，你真的是一点儿都没有变呢。"

大家的视线一下子集中在我身上，我只好笑不露齿，当作回应。

"你们还记不记得？当时原白可喜欢夏池西的姐姐了。"简单意有所指地说。

众人很有默契地笑起来。

原白却忽然露出了一个狡黠的笑，指指夏池西，说："你们不知道，刚刚我不小心跟姐姐对视了一眼，这家伙立马挡在了我们中间。"

众人顿时又笑了起来。

夏池西也笑。

"你们这些家伙，笑什么啊？"我其实有点儿窘迫，但还是大方地问道。

"哈哈，姐姐，你是不知道，当时原白那小子去追你，结果……"黄道笑得合不拢嘴。

"当时他直直地杵在我面前，要打一场一对一的比赛。"原白接上。

大家又一起笑起来。

"最后我输啦，不然我一定不会放弃的。"原白看了我一眼，笑着说。

"呃？"

夏池西故意十指交叉放松手腕关节，说："就算你赢了，我也不会让的。"

众人又是大笑。

原来我等待多年的"后来"在这里。我摇头，很是无语，但是绝对不会就这么放过破坏我幻想的夏池西。

他看过来的目光里带着莫名的笑意，却又跟平常笑着的他不同，那目光让我脸红，不敢直视。

"我们也快点儿结婚吧，比如在我23岁的时候就结婚。"

"啊？"

"因为那个时候你都26岁了。"

……

回程的时候，我跟夏池西并没有跟其他人一起，而是转道在这空气清新的城市又待了两天。先是去看全世界知名的瀑布，结果大冬天的除了挨冻，还被朋友骂是神经病。

我们只好在第三天打道回府，没想到又出了意外。

又是新的一年返工潮，在立交桥上被人群一挤，我跟夏池西就走散了。

我的手机早就没电关机了，完全无法跟外界联系。我一开始还逞强想着去找夏池西，结果越走，两边的街景反倒越陌生。

想到反正飞机是晚上八点的，索性到时候在机场再见吧！

要是在机场还遇不上，那到时候就只好请机场的工作人员帮忙广播了。

想到这里，我便放心地继续在这座既带着历史的痕迹又处处摩登的城市慢慢地逛起来。

上了一座桥，我看见前方的黑色栅栏上缠绕着绿色三角梅枝，再一转眼，夏池西居然就站在那三角梅枝下的公交车站牌边。

此刻，他正仰着头看站牌。

不知不觉就满心喜悦，不知不觉就脚步轻快。

从小到大，那么长的时光，我跟夏池西早就是不可分割的一个整体了。

不管曾经的我多么抗拒，不管曾经的我多少次压下心里的悸动，咬着牙告诉自己"不可以喜欢夏池西"，可经年流转，我和他终究还是对自己的内心投降。

承认，我非他不可。

承认，他就是只喜欢我。

承认，茫茫宇宙中，我们都认定彼此是自己的唯一。

就像小王子和玫瑰花那样，被驯服，所以独一无二。

夏池西似乎察觉到了我的注视，朝我的方向看过来。

下一刻，他笑容满面地朝我跑过来。

回到G市后，我和夏池西仿佛回到了小时候的时光，成天腻在一起。

看电影、打游戏、逛公园、爬山、吃烧烤、夹娃娃……凡是情侣们会做的事情，我们通通去做。只是，时间好像永远都不够用。

但，这些都是避着大人们的。

直到有一天，我终于有些良心不安，尝试着胆战心惊地跟我妈坦白。

妈妈正在厨房切胡萝卜丝，我看着她干脆利落地手起刀落，总觉得脖子有点儿凉飕飕的。

"那个……妈妈……"

"什么事？"她头也不抬地问。

"我跟夏池西在一起了。"

"哦。"她回了我一个单音节字。

我有些呆住了："啊？"

妈妈切完了胡萝卜丝，揭开旁边煲汤的瓮盖，用汤勺舀了一点儿汤尝了一口。

我有些急了："我跟夏池西现在是情侣。"

"哦。"妈妈白了我一眼，"我知道啊。"

我顿时下意识地提高了音量问："你知道？"

不等妈妈回答，我又说："你不觉得奇怪吗？"

"有什么好奇怪的？你跟小西的感情那么好，从他出生起，你们不是一直在一起吗？"妈妈用一种"你真无聊"的语气说道。

"可是，他不是弟弟吗？"

"又不是我生的。"妈妈说。

我完全呆住了。

所以，从头到尾，就只有我一个人在烦恼、纠结吗？

真是……

住在心里的积雨云

我们，永远是——父母希望的承载？

我们，永远是——**成龙成凤**的角色？

我们，永远是——**别人家孩子**的陪衬？

NO！我们是，
独一无二的自己！

——小妮子——

耗时一年，心灵指南回归之作

《住在心里的积雨云》

用**真实的故事**，教你如何摆脱命运**枷锁**！

2015年，温暖上市！

THE RAINY CLOUDS
LIVE IN MY HEART

2008—2010
2010—2013
2013—2014
历时两年的精心筹备
50万册的畅销神话
人气经典365天完美锻造

小妮子

悲情之爱巅峰之作

2015 重生

《樱空之雪》

精装珍品版

樱空之雪

YING KONG ZHI XUE

让爱在如雪的樱花中重生……
当爱情强烈到让你无法呼吸，你是逃离，还是勇敢面对？

再见，小时候

GOODBYE.CHILDHOOD 2

2

她来到新的城市，却陷入同一场青春，时光的齿轮在不停地旋转。

她是——安诗年

光明就在不远处，那些爱与温暖都将回归。

然而……

命运之轮再次转动！

故事之后的又一次绝望，

悲情上演……

叶冰伦 著 经典再续

琉璃美人煞

十四郎 著

GLAZE BEAUTY COLOURED

爱是一种执念

是明知飞蛾扑火，也要苦苦追寻……

她是他的魔，让他活着就像死去，
希望尽数变成绝望。

有心者，琉璃即是血肉；
无心者，在天为仙又如何？

"后会有期"十四郎：
你只有看过，才会庆幸未曾错过……

铁钟 著

蛮荒纪

全九册

年度最佳力作　荣登玄幻之巅

台湾花蝶榜玄幻创作大神——铁钟

收官在即，再创销量神话！

一年零三个月的等待，热血贲张的完结篇——《蛮荒纪IX异域征途》强势来袭！

秦越，一个从地球上穿越而来的柔弱少年，将会告诉你们，一个平淡无奇的小人物是如何披荆斩棘，一路过关斩将，最终打造出属于自己的彪悍人生！

在这里，你将会看到最精彩的厮杀、最热血的奋斗以及最传奇壮丽的世界。

少年啊，在汗水和笑声中挥洒青春，破浪前行吧！

最激情澎湃的神魔大战！

神魔两界百万雄兵决战沙场，即便是神也难逃殒落的宿命，在这场旷世大战中，谁将成王，谁又将沦为败寇？

最危险重重的异域之旅！

在前往新世界的旅途上，拥有众多大道强者的强盗团突然来袭，面对这场遭遇战，秦越又能否带领众人化险为

最跌宕起伏的秘境探险！

秘境之中，强者如云，险境丛生，这对秦越而言，究竟是机遇，还是劫难？

玄幻文学第一黑马，至尊大作重磅问世！

年度超重磅推荐，点击破亿的惊天神话盛装起航！

《吞天决Ⅵ强者归来》简介

在七岛三峰中，陈轩邂逅当世强者邓昌，获得了他强大修为的传承。为了探究潇湘修为被封的原因，陈轩独闯仙冥山，对抗心魔，才得到潇湘身体的治愈之法。之后，陈轩回到丹轩门，而北域排名赛此时也已经打响，陈轩与四大势力的其他圣子一起进入了一个陌生位面中，门派的矛盾、妖兽的侵袭、利益的冲突，一场旷日持久的异位面战争由此展开，他是否能全身而退？

吞天决

1至5册已高调上市，火热销售中！

兵临城下，唯我傲视群雄！

——为红颜比武招亲夺魁，偶获传承救同门，独战千军万马，一统北域！

凭着《吞天决》，他誓要扫清修行路上的一切障碍，将咸鱼翻身的神话进行到底，成为大陆上众人仰望的王！

狂者为尊

③ 风雪孤人

（超人气大神）

妖夜 作品

困境得缘修奇术
沙场失势入蛮族

在过去的两年里，已有5000000人读过此书，300000人写下了精彩评语，100000人成为了妖夜的超级铁杆粉丝——妖神卫！

妖夜归来，妖神卫何在？

内容简介

萧浪以妖邪的身份在北疆隐姓埋名，本是想安安静静地修炼，不料在与血蛮子的一系列战斗中名声大震。

左剑欲拉拢他，却被他拒绝，两人结下梁子，相约决斗。军中大营外，谁能笑到最后？

很快，北疆大战爆发，独孤行运筹帷幄，大败敌军，没想却遭背叛，而叛徒竟然是……

面对义父独孤行遇害，面对那个惊天阴谋，面对天下那些要取他性命的人，既震怒又绝望的萧浪该何去何从？

内容简介

争霸战中，柳云以一己之力独战四大圣兽，并且夺得争
战第一名，从此为世人所瞩目。之后，柳云进入厚天
漠，无字天书、天锑剑碎片，两大至宝现世，又将掀起
怎样的腥风血雨？三大超级势力联手对抗云动，身为
动的势力主，柳云又能否力挽狂澜？天魔祭坛的消息
胫而走，深陷祭坛之中的柳云又将遇到哪些强劲敌手？

侦探社的"继承者们"

《千夜星侦探社》 猫小白 著

喜欢悬疑？喜欢推理？喜欢神秘？

那就对了，要的就是这个feel！

千夜星学院是一所超级有名的学院，各大财阀的继承人都在这所学院学习。为了培养学生的综合素质，学院鼓励开办各种各样的社团。

其中四个美少年一起组成了超级受欢迎的1号侦探社，并高调地发布了学院史上最难的谜题——寻找神秘遗失的宝物。他们宣称能通过谜题找到宝物的人，可以成为侦探社的第五位成员。这件事顿时在千夜星学院引起轩然大波，无数女生跃跃欲试……

欢迎你来挑战！你，能成为第五个社团成员吗？请加入我们……

2014年，即将上市

一个人要等待多久，才能邂逅能守候一生的人？

一个人要跋涉怎样漫长的旅程，才能穿越禁忌的空间传达对逝者的思念？

一个人要看过多少美丽的风景，才能摒弃一切黑暗和丑恶，平静而优雅地面对死亡？

同名主打单元剧作品大卖后，重启热销奇迹！
出版社权威推荐、魅丽优品年度重点图书！

敬请期待七日晴迄今为止最喜欢的一部作品

守候·妖之国

WAITING·
DEMON
C O U N T R Y

"让所有渴望而不得的温暖，独自绽放而无人知的微笑，悲伤却只能在心底流淌的眼泪，在这本书里找到归宿和答案。"